나는
워킹맘
남편
입니다

나는 워킹맘 남편입니다

지은이 | 폴 킴
펴낸이 | 박상란
1판 1쇄 | 2019년 10월 1일

펴낸곳 | 피톤치드
교정 | 양지애 디자인 | 황지은
경영·마케팅 | 박병기

출판등록 | 제 387-2013-000029호
등록번호 | 130-92-85998
주소 | 경기도 부천시 길주로 262 이안더클래식 133호
전화 | 070-7362-3488
팩스 | 0303-3449-0319
이메일 | phytonbook@naver.com

ISBN | 979-11-86692-38-7 (03810)

「이 도서의 국립중앙도서관 출판예정도서목록(CIP)은 서지정보유통지원시스템 홈페이지
(http://seoji.nl.go.kr)와 국가자료공동목록시스템(http://www.nl.go.kr/kolisnet)에서
이용하실 수 있습니다.(CIP제어번호: CIP2019033671)」

나는
워킹맘
남편
입니다

살림하는 남자
아이 키우는 아빠

폴 킴 지음

피톤치드

워킹맘 남편으로
산다는 것

'저녁 먼저 드세요.'

오후 6시 30분, 아내는 여느 때와 같이 야근한다는 문자 메시지를 보냈다. 나는 아내한테 답장을 보내고 얼른 저녁 밥상을 차렸다. 냉장고에서 김치와 김, 콩자반, 멸치볶음을 꺼내 식탁에 올려놓고 프라이팬을 꺼내 두부구이를 했다. 전기밥솥에서 밥을 퍼 식탁에 놓은 뒤 방에서 숙제하고 있는 딸을 불렀다. 이렇게 딸과 둘이 마주 앉아 저녁을 먹는 게 익숙하긴 한데 그래도 마음 한쪽이 허전하다. 오늘도 회사에서 저녁을 먹고 퇴근할 아내를 생각하면 미안하고 안쓰럽다.

직장인 여자와 결혼하다

워킹맘인 아내는 대학을 졸업한 후 대학원에 진학했다. 그리고 대학원을 졸업할 무렵 금융권 회사에 취업했다. 17년이 지난 지금까지도 아내는 같은 직장에서 열심히 일하고 있다. 나는 투철한 소명 의식으로 오랫동안 한 직장에서 맡겨진 일에 최선을 다하는 아내를 진심으로 존경한다.

나도 사회생활의 첫발은 아내만큼 괜찮게 내디뎠다. 대학을 졸업하기 전에 대기업 신입사원 공채에 합격했다. 그것도 자산총액 국내 1, 2위 기업에 모두 합격했다. 요즘처럼 청년 취업난이 심각한 때는 아니었지만 그때도 IMF 외환위기의 여파로 취업이 쉽지 않았다. 그런 시기에 대기업에 들어가니, 부모님뿐만 아니라 당시 여자친구였던 아내도 나의 앞날이 찬란하리라 기대했다. 하지만 나는 아내와 달리 직장생활을 성공적으로 하지 못했다. 가족들의 기대가 무색하게, 날이 갈수록 직장을 떠나고 싶은 생각밖에 들지 않았다. 내가 직장에서 원하는 유형의 인간이 아니라는 것을 첫 회식 자리에서 깨달았다.

더군다나 스트레스와 과로로 면역력이 약해졌는지 종종 앓아 왔던 기관지염이 점점 만성화되었다. 대학교 1학년 때 앓았던 폐결핵으로 인해 가슴막이 유착돼 폐 기능이 저하된 상태였다. 몸도 마음도 버티기 힘들었다. 결국, 입사한 지 일 년 만에 직장을 그만두었다. 당시 좀 더 버티면서 경력을 쌓았으면 어땠을까 하는 아쉬움이 지금도 조금은 남아 있다.

퇴사한 이듬해 직장인 아내와 결혼했다. 내가 딸 가진 부모가 되어 보니, 별다른 수입도 없고 집도 없던 나를 사위 삼아 주신 장모님의 사랑과 신뢰가 얼마나 큰 것이었는지 새삼 느껴진다. 장모님의 은혜에 조금이나마 보답하려면 아내에게 잘해야 하는데 그러지 못한 것 같아 죄송할 따름이다.

아내보다 시간상으로 여유로웠던 신혼 시절에는 집 청소와 빨래, 설거지를 도맡아 했다. 요리에는 소질이 없었지만, 요리책을 보고 장조림, 콩자반, 멸치볶음 같은 밑반찬을 만들어 아내를 감동하게 했다. 신혼 때부터 이미 워킹맘 남편의 삶을 시작한 것이다.

사실 경제적인 부분만 감수할 수 있다면, 그리고 우리 사회에 재취업의 문이 조금만 더 열려 있다면 신혼 때에는 부부 중 한 명이 직장을 잠깐 쉬는 것도 괜찮은 선택이라고 생각한다. 신혼은 각자의 삶의 패턴과 사고방식, 습관 등을 하나씩 서로 파악하고 맞춰 가는 중요한 시기다. 잠재된 갈등이 언제든 표출될 수 있는 '위장된 평화 상태'이기도 하다. 이런 시기에 둘 다 직장 스트레스를 가득 안고 집에 돌아와 얼굴을 맞대면 갈등이 생기기 쉽고, 사소한 갈등이라도 부부간의 신뢰에 큰 상처를 남길 수 있다.

어머니께 받은 '살림' 조기교육

지금 생각해 보면 나는 워킹맘 남편으로서 자질을 갖추기 딱 좋은 가정환경에서 컸다. 어머니는 내가 초등학생일 때부터 시장에 가서 두부, 채소, 생선 등을 사 오라고 심부름을 시키셨다. 어머니는 자식 중 내가 제일 똘똘해서 심부름을 시킨다고 말씀하셨지만, 그 이유 때문만은 아니었던 것 같다. 추측하건대 우리 집안의 장남이자 공부를 잘했던 형은 심부름할 시간에 공부 한 자라도 더 하라고 안 시키셨다. 서울에 있는 예술중학교와 예술고등학교에서 악기를 전공하던 누나는 손가락 다칠까 봐 안 시키셨을 거라고 생각한다. 하긴 나는 어렸을 때 공부와는 거리가 멀었다. 책상에 앉아 있는 것보다 어머니 심부름을 하거나 청소를 하고 용돈을 버는 게 더 좋았다. 특히 슈퍼마켓 배달 아저씨의 오토바이를 얻어 타고 집에 오는 길이 정말 즐거웠다. 슈퍼마켓에 자주 갔기 때문에 배달 아저씨와는 삼촌과 조카처럼 지냈다. 아저씨가 배달하러 가시는 곳에 따라간 적도 몇 번 있었다.

삼십 년도 지난 일이지만 기억나는 일이 있다. 열 살 남짓한 아이가 혼자 시장에 다니는 모습이 기특했는지, 장사하시는 분들은 나를 보면 언제나 덤을 주셨다. 어느 날은 생선을 파는 아주머니께서 "엄마가 없더라도 힘내야 해!" 하시면서 생선을 거저 주셨다. "엄마 심부름인데요?"라고 말씀드릴까 하다가 그냥 입 꾹 다물고 공짜로 받아 왔다. 그러고는 어머니가 주신 생선값은 동네 오락실에서 써 버렸다.

이렇게 나는 어머니 덕분에 가사에 거부감이 없이 자랐다. 어머니는 내가 어른이 되면 워킹맘 남편으로 살 것을 예견하시고 살림 조기교육을 하셨던 것일까? 집안일은 여자가 하는 게 아니라, 해야 할 처지에 있는 사람이 하는 거라는 걸 톡톡히 가르쳐 주셨다.

이 책을 쓴 이유

어느덧 우리 부부는 결혼 16년차가 되었다. 오늘도 나는 워킹맘 남편으로 살림뿐만 아니라 아이 교육에도 많은 관심을 쏟고 있다. 영원히 귀여운 어린아이로 남아 있을 것만 같던 딸의 얼굴에는 여드름이 듬성듬성 났고 목소리도 제법 어른스럽게 변했다. 그래도 사춘기에 접어든 딸이 아빠와 손잡고 거리를 돌아다니는 것을 부끄러워하지 않는 것이 참 고맙다. 만약 누군가 내게 워킹맘 남편으로 살림하며 아이 키우는 삶이 행복하냐고 묻는다면, 이전과 다른 삶의 의미와 목적을 찾는 중이라고 답하고 싶다. 쉽지는 않지만 위축되지 않고 워킹맘 남편으로서 자존감을 높이려고 노력하고 있다.

이 책을 읽는 워킹맘의 남편들, 특히 소득이 적은 프리랜서나 전업주부의 삶을 사는 남편들이 자신의 삶을 소중히 여기며 긍정적인 시각으로 자신을 바라봤으면 좋겠다. 한 번뿐인 인생 남들과 똑같이 살 필요는 없다. 세상의 잣대로 자신을 재지 말자. 물론 집에서 살림하는 남성을 여전히 곱지 않은 시선으로 보는 사람들도 많다. 아내보다 무능해서 그렇다고 단정 짓기도 한다. 나 역시 평범하지 않은 내 삶을 받아들이지 못해 정신적으로 힘든 시간을 보냈다. 자존감도 낮아지고 심리적으로 위축됐었다. 하지만 그런 과정들을 좌충우돌 지나고 나니, 이제는 워킹맘의 남편으로 아내를 외조하면서 자녀를 키우는 삶도 가치 있다는 것을 깨닫게 되었다.

모쪼록 이 책이 '아빠 육아'의 외로움을 어디다 하소연할 데 없는 남편들에게 위로를 주는 친구가 됐으면 한다. 혹여 육아의 짐을 아내에게만 맡기고 어쩌다 한 번씩 아이를 돌보면서 생색내는 '불량 남편'들이 있다면, 이 책이 그분들의 마음에 유익한 찔림을 줬으면 한다. 워킹맘들도 이 책을 통해 살림하거나 육아하는 남편을 이전보다 더 깊이 이해할 수 있게 되길 바란다. 이제 프랑스 소설가 마르셀 프루스트가 한 말을 되새겨 보며, 워킹맘 남편의 이야기를 독자들에게 들려주고자 한다.

"바뀐 것은 없다. 단지 내가 달라졌을 뿐이다. 내가 달라짐으로써 모든 것이 달라진 것이다."

목차 Contents

미국에서 찾은 육아의 지혜

PART 6   그래, 이것도 인생이다

PART
1

맞벌이 부부의
육아 고민

내가 보모보다는 부모님께
아이를 맡기고 싶었던
가장 큰 이유는

우리 부모님이 아이를 돌보아 주실 수 있는 여건이 되었기 때문이다. 또
다른 이유는 영유아 때부터 세대 간 가치의 계승이 중요하다고 생각했기
때문이다. 우리 부부가 어떤 상황에서도 놓치고 싶지 않은, 즉 인생에서
가장 소중하게 여기는 믿음과 행동의 원칙들이 딸에게도 그대로 전달되
기를 바라는 마음이 컸다.

01
···········

우리 아이
어디에 맡기나?

아이가 태어나던 날

"아기가 여전히 엄마 뱃속에 거꾸로 있네요. 수술해야겠어요."

출산 당일, 아기의 다리가 먼저 나오면 사망 위험이 크다는 의사의 말에 아내는 제왕절개 수술을 받았다. 수술이 진행되는 동안 나는 곧 세상에 나올 아기를 기다리며 기도했다. 한 삼십 분쯤 지났을까. 수술실에서 아기의 첫울음이 터져 나왔다. 조금 후 간호사가 하얀 수건에 쌓인 아기를 데리고 나와 내 품에 조심스레 안겨 주었다. 지난 9개월간 이날을 얼마나 손꼽아 기다렸던가? 아기를 안는 순간 주체할 수 없는 기쁨에 눈물이 터져 나올 줄 알았다. 그런데 웬일인지 별다른 느낌이 없었다. 아버지와 어머니, 장모님은 아기가 코도 오뚝하고 예쁘다며 감탄을 연발하셨지만, 나는 '왜 이렇게 못생겼지?'라는 생각만 들었다. 나중에 안 사실인데 원래 갓 태어난 아기는 얼굴이 벌겋고 피부가 쭈글쭈글하다. 하루하루 살이 오르면서 피부에 탄력이 생기고 얼굴도 하얘지는 것이었다.

여하튼 그렇게 한참을 멍하니 아기를 쳐다보고 있는데 갑자기 눈물이 주르륵 흘렀다. '내가 이 아이의 아빠구나!'라는 생각이 들자 그때야 가슴이 벅차올랐다. 아마도 인간이 경험할 수 있는 가장 신비하고 오묘한 순간이 자신의 유전자를 물려받은 생명체와 마주하는 순간일 것이다. 나는 옆에서 아기를 보며 연신 함박웃음을 지으시는 부모님을 보자 마음이 먹먹해졌다.

'우리 부모님도 나를 낳으시고 이런 마음이었겠구나.'

자식을 낳아야 비로소 어른이 된다는 말이 이래서 생겨난 모양이다.

이렇게 딸이 태어나면서 나는 아빠가 됐다. 이제 이 아이가 성인이 되어 우리 부부의 품을 떠날 때까지, 나에게 '부모'라는 이름의 고귀한 책임이 부여된 것이다. 나는 아이를 온전한 인격체로 존중하며 후회 없이 사랑할 것을 결심하고 또 결심했다.

얼마 뒤 아내가 이동 침대에 실려 수술실 밖으로 나왔다. 마취에서 깨어나 힘든 기색이 역력했다. 아내를 보자 이번엔 미안한 마음에 눈시울이 붉어졌다. 자연분만한 산모들은 출산 후 회복 속도가 빠르다고 하던데, 아내는 배를 가르는 수술을 해서 그런지 진통제를 맞고도 힘들어했다.

나는 아내 옆에 며칠 더 있고 싶었다. 하지만 그때는 재취업한 지 얼마 되지 않았던 터라 직장에 눈치가 보여서 그러지 못했다. 출산 당일을 포함해 딱 이틀만 휴가를 썼다. 요새는 아빠들이 유급 출산휴가를 열흘까지 쓸 수 있다. 육아휴직을 하는 아빠들도 많이 늘었다. 고용노동부 자료에 의하면 2018년 민간부문 남성 육아휴직자가 1만 7,662명이었다. 전체 육아휴직자 중 17.8퍼센트가 남성이었다. 우리 아이가 태어난 2005년에는 남성 육아휴직자가 208명으로 전체 육아휴직자 중 1.9퍼센트밖에 되지 않았다. 하긴 당시엔 여성조차 출산휴가 후 육아휴직까지 하는 것은 눈치 보이는 일이었다. 더구나 워킹맘이 흔치 않았던 우리 부모님 세대에선 아이를 낳아 키우는 것은 여자의 몫이라는 편견마저 존재했다. 지금은 맞벌이 부부도 많아졌고, 또 양육의 책임이 부부 모두에게 있다는 인식이 높아지고 있으니 그나마 다행이다.

짧디 짧았던 육아휴직
아내는 3개월의 출산휴가 후 5개월가량 육아휴직을 하면서 아이와 온종일 함께 지냈다. 아마도 이 기간이 모녀가 정서적으로 긴밀한 유대감을 형성할 수 있었던 소중한 시간이었을 것이다. 사실 아내가 다니는 직장은 눈치를 보지 않고도 일 년 동안 육아휴직을 할 수 있었다. 복직 후에도 인사 고과에 불이익이 없었다. 다만 경제적 손실은 휴직자가 감당해야 했다. 아내의 육아휴직 급여는 딸의 예방접종 비용과 기저귀 값, 분유값을 대고 나면 남는 게 없었다. 당시 내 월급만으로는 우리 세 식구가 생활하기에 빠듯했다. 나는 나중에 후회할 줄 알면서도 아내에게 다음과 같이 말했다.

"여보, 내 월급만으로 사는 게 쉽지 않네."

남편의 철없는 말 한마디에 아내는 수없이 많은 고민을 했을 것이다. 아내는 아이와 엄마의 애착 형성이 얼마나 중요한지 잘 알고 있었다. 적어도 아이가 돌이 될 때까지만이라도 함께 있는 것이 좋다는 걸 알면서도 아내는 결국 이른 복직을 선택했다.

그런데 워킹맘 중에는 경제적인 이유 때문만이 아니라, 아이를 키우는 것 자체가 너무 힘들어서 출산휴가만 사용하고 바로 복직하는 엄마들도 있다고 한다. 실제로 육아휴직 후 복직한 분들의 이야기를 들어보면, 퇴근도 없는 육아보다 직장 다니는 것이 훨씬 쉽다고 한다. 오죽하면 옛말에 "밭 갈래? 애 볼래?" 하면 밭일한다는 말이 있겠는가? 아내도 물론 어린 딸을 돌보면서 육체적으로는 많이 힘들어했다. 하루에도 몇 번씩 딸을 눕혔다 일으켰다 안았다 씻겼다 하면서 손목과 허리, 어깨 통증에 시달렸다. 그래도 아내는 딸과 함께 있으면서 엄마로서 큰 행복감을 느꼈다. 엄마가 되어 가는 과정을 감사함으로 받아들였다. 출산 후 여성들 대부분이 경험한다는 산후우울증도 겪지 않았다. 그렇기에 아내는 복직 후 출근하면서 딸과 떨어지는 것을 무척 힘들어했다. 퇴근 후 피곤한 몸을 이끌고 집에 와서도, 하루종일 엄마와 떨어져 있었던 딸에 대한 미안함 때문인지 딸이 잠드는 순간까지 정성으로 돌보았다. 아직까지도 내 섣부른 판단으로 아내가 딸과 함께 깊이 교감하는 소중한 시간을 빼앗은 것은 아닐까 후회스러울 때가 있다.

그래도 구차한 변명을 하나 하겠다. 만약 당시 육아휴직 급여의 소득대체율이 60~70퍼센트만 됐더라도 난 아내에게 가능한 한 오래 휴직하라고 권했을 것이다. 북유럽 국가 스웨덴처럼 남성의 육아휴직이 법으로 보장됐다면 우리 부부는 육아의 기쁨을 더 크게 느꼈을 것이다. 스웨덴은 부부가 합산하여 480일의 육아휴직을 낼 수 있고, 그중 남성이 90일을 의무적으로 사용해야 한다. 390일 동안은 급여의 80퍼센트까지 정부로부터 지원받는다. 이런 육아 정책을 펼친 덕분에 스웨덴은 유럽 국가 중에서도 높은 출산율을 자랑한다. 2018년도 스웨덴의 합계 출산율은 1.76명이다. 우리나라 출산율 0.98명과 비교하면 얼마나 높은 수치인지 알 수 있다. 물론 우리

나라와 인구 및 산업 구조가 다른 국가의 육아 정책과 단순 비교 하기에는 무리가 있다. 그렇다 하더라도 아빠가 최소 3개월 이상의 육아휴직을 쓸 수 있는 다른 나라 이야기가 나만 부러운 것은 아닐 것이다.

할머니 할아버지의 '황혼 육아'

아내가 복직하면서 우리 가정의 경제적인 문제는 어느 정도 해결이 됐다. 하지만 또 다른 문제가 우리를 기다리고 있었다. 바로 돌도 지나지 않은 아이를 돌보아 줄 사람을 찾는 일이었다. 아이가 있는 맞벌이 부부들은 공감할 것이다. 육아 정책이 미흡한 대한민국에서 맞벌이 부부가 다른 사람의 도움 없이 영유아를 키우는 건 쉽지 않다. 아이를 데리고 회사에 출근할 수도 없고 아침부터 저녁까지 아이를 맡길 곳도 마땅치 않다. 그뿐만이 아니다. 생후 15개월까지 맞춰야 할 예방주사가 한둘이 아닌데, 그때마다 직장에 다니는 부부 중 한 명이 휴가를 쓰고 병원에 가는 것이 말처럼 쉽지가 않다.

우선 우리 부부는 아이 돌봄 서비스를 여러 군데 알아봤다. 그렇지만 소위 '이모님'으로 불리는 보모에게 아이를 맡기는 것이 계속 망설여졌다. 나와 아내 모두 전업주부이셨던 어머니 아래서 자라 보모의 돌봄을 받은 경험이 없어서 더 그랬는지 모르겠다. 결국, 나는 염치 불고하고 연로하신 부모님께 딸을 부탁드렸다. 아내가 직장에서 힘들게 일하는 것을 안쓰러워하셨던 부모님은 흔쾌히 허락해 주셨다. 그리고 조금의 망설임도 없이 우리가 사는 아파트 옆 동으로 이사를 오셨다. 두 분이 이십 년 넘게 사셨던 집은 전세로 놓으시고 전혀 연고가 없는 동네로 이사를 오신 것이었다.

부모님께서 딸을 맡아 주신 덕분에 우리 부부는 한시름을 덜고 출근할 수 있었다. 가족에 대한 사랑과 헌신이 남다른 부모님은 넘치는 사랑으로 딸을 돌봐 주셨다. 우리 아이가 누구와도 쉽게 친해지고 남을 배려할 줄 아는 아이로 성장한 것은 할머니 할아버지의 희생과 사랑 덕분이라고 분명히 말할 수 있다.

이처럼 아이를 돌봐 주실 수 있는 부모님이 계시는 것은 맞벌이 부부에게는 큰 축복이다. 하지만 황혼에 접어든 부모님에게 다시 찾아온 육아는 결코 만만한 일이 아니었다. 일 년 넘게 손녀를 돌보시는 동안 부모님의 얼굴에는 주름살이 더욱 깊게 패였다. 체력적으로도 힘들어하셨다. 특히 어머니는 딸이 칭얼거리면 몇 시간이건 아기띠로 아이를 업고 계셨다. 게다가 아이는 하루가 다르게 자라며 몸무게가 늘어나니 손목과 허리, 어깨에 점점 더 많은 무리가 가는 것은 당연했다. 아마 남의 손주였다면 그렇게 골병이 들기까지 돌보시지는 않으셨을 것이다.

아버지도 어머니가 딸을 보시는 동안 양쪽 집을 왔다 갔다 하시면서 장을 보시고 집 청소와 빨래 등을 전담하셨다. 자식보다 손주가 더 예쁘다고 하지만 그건 '가끔' 손주를 볼 때 얘기다. 손주를 잘 돌보아야 한다는 긴장감과 막중한 책임감으로 종일 아이를 보다 보니 많이 지치셨을 것이다. 십 년도 더 지난 일이지만 지금도 부모님께서 딸을 키워주셨던 게 얼마나 감사한지 모른다.

하지만 육아로 인한 부모님과의 갈등이 전혀 없었던 것은 아니다. 지금이야 딸이 편의점에서 컵라면을 사 먹건 탄산음료를 사 마시건 개의치 않는다. 하지만 딸이 어렸을 때에는 과자나 즉석식품 등을 웬만해서는 먹지 못하게 했다. 가끔 주변 어르신들이 아이가 귀엽다고 아이 손에 과자를 쥐어 주시면 슬그머니 빼앗아 못 먹게 했다. 그런데 우리 어머니도 이따금 과자를 사서 딸에게 주셨다. 아이에게 안심하고 먹일 수 있는 과자를 고르고 또 고르셔서 주셨겠지만, 그때마다 나는 언짢은 표정으로 "애한테 과자 좀 주지 마세요."라고 말했다. 그렇지 않아도 당신 삶의 많은 부분을 포기하고 아이를 돌봐주시던 어머니는 아들의 잔소리에 많이 섭섭해하셨다. 지금 생각하면 어머니께 정말 죄송하다.

다음 세대에 물려주고 싶은 가치

한편, 부모님의 양육 도움을 받을 수 없는 맞벌이 부부는 보모를 구하는 경우가 많다. 맞벌이하는 친구 중에 5년간 입주 보모의 육아 도움을 받은 친구가 있었다. 친구 말로는 보모가 아이를 친자식처럼 성심껏 돌봐 줘서 아이가 보모에게 강한 애착을 느꼈다고 했다. 그러다가 보모가 사정상 그만두게 되자, 아이가 "난 이모랑 같이 살러 갈 거야!"라며 일주일 내내 울고불며 그 보모를 찾는 바람에 아주 난리가 났었다고 한다. 이렇게 아이를 잘 돌봐 주는 보모를 만나면 워킹맘은 육아의 큰 짐을 덜게 된다. 특히 요즘엔 영유아의 건강과 영양, 놀이, 안전까지 전문적으로 돌봄 교육을 받은 보모들이 많아져서 아이를 맡겨야 하는 맞벌이 부부들에게 많은 도움이 되고 있다.

하지만 내가 보모보다는 부모님께 아이를 맡기고 싶었던 가장 큰 이유는 우리 부모님이 아이를 돌보아 주실 수 있는 여건이 되었기 때문이다. 또 다른 이유는 영유아 때부터 세대 간 가치의 계승이 중요하다고 생각했기 때문이다. 우리 부부가 어떤 상황에서도 놓치고 싶지 않은, 즉 인생에서 가장 소중하게 여기는 믿음과 행동의 원칙들이 딸에게도 그대로 전달되기를 바라는 마음이 컸다. 지금도 그 생각에는 변함이 없다.

조부모 양육은 부모의 양육만큼은 아니더라도 세대 간에 가치를 계승할 수 있는 중요한 통로가 된다. 다른 말로 '가훈'이라고도 할 수 있는 한 집안의 교훈적 가치는, 그 가치를 품고 있는 가족 구성원들의 일상을 통해 다음 세대로 전달된다. 예컨대 정직의 가치가 내재화된 부모의 말과 행동을 통해 자녀는 자연스럽게 정직한 삶을 배우게 된다. 우리 아이의 경우 비록 낮에는 부모와 함께 있을 수 없었지만, 할머니와 할아버지를 통해 내가 연면히 체화했던 가치를 느끼고 배우길 바랐다.

보모를 구하는 분들은 이 점을 한번 고려해 봤으면 한다. 돌봄 비용과 시간은 부차적인 고려 사항이다. 보모가 부모와 비슷한 양육 철학과 가치를 지니고 있는지, 혹은 부모가 자녀에게 계승하고자 하는 가치와 상반되는 가치를 지닌 것은 아닌지 면밀하게 살펴보는 것이 중요하다. 영유아기는 양육자인 부모와의 관계뿐만 아니라 부모 이외의 사람들과의 관계를 통해 자아 정체성이 형성되는 매우 중요한 시기다. 심리·사회적 발달 이론을 수립한 정신분석가 에릭 에릭슨은 생후~만 1세 사이에 신뢰감과 불신감, 1~3세 사이에 자율성과 수치심, 3~6세 사이에 주도성과 죄책감이 형성된다고 하였다. 말하자면 뇌가 결정적으로 발달하는 시기인 만 6세까지 아이의 인성이 어느 정도 결정되는 것이다. 사회적 환경과 상호작용을 통해 자아가 발달하는 이 시기에 양육자 역할을 하는 보모의 가치관과 인성 등을 철저히 검증해 봐야 하는 것은 너무도 당연하다.

만약 십여 년 전으로 돌아가 보모를 구해야 하는 상황에 맞닥뜨린다면, 나는 보모가 자신의 아이들을 키운 이야기를 최소한 두 시간 이상 들어보고 싶다. 그리고 보모에게 다음과 같은 질문을 던질 것이다.

"자녀를 키우실 때 무엇에 가장 큰 가치를 두셨나요?"

02

....

아내 직장 옆으로
이사 가다

아이를 데리고 어떻게 출근하지?

아내가 다니는 직장 어린이집에서 우리 아이가 두 달 후에 입소할 수 있다는 반가운 연락이 왔다. 드디어 부모님이 육아의 짐에서 벗어나 한숨 돌리실 수 있게 된 것이다. 그런데 그 기쁜 소식을 듣고도 한 가지 고민이 생겼다. 아내가 딸을 데리고 출퇴근하는 방법이 마땅치 않았던 것이다. 가장 먼저 든 생각은, 내가 운전을 해서 아내와 딸을 데려다 준 후에 출근하는 것이었다. 하지만 어린이집 등원 시간과 내 출근 시간이 겹치는 데다 가는 방향도 달랐다. 그렇다고 아내가 세 살 난 딸을 데리고 발 디딜 틈도 없이 혼잡한 출퇴근 시간 지하철을 타는 것은 아무리 생각해도 무리였다. 또 다른 방법은 아내가 딸과 함께 택시를 타고 가는 것이었다. 그렇지만 출퇴근 시간에는 택시를 잡기 어려운 데다 비용도 만만치 않으니, 이 또한 좋은 방법이 아니었다.

결국, 남은 방법은 아내가 자동차를 직접 운전해서 딸을 데리고 출퇴근하는 것이었다. 다만 아내가 운전면허를 딴 이후 한 번도 운전해 본 적이 없는 '장롱 면허'라는 것이 마음에 걸렸다. 당시 살던 집에서 아내 직장까지는 초보 운전자에게는 쉽지 않은 길이었다. 교통사고가 잦은 강변북로를 타야 했고, 차선도 여러 차례 변경해야 하는 길이었다. 이대로는 안 되겠다 싶어 토요일에 집 근처 도로에서 아내의 운전 연습을 도왔다. 차 뒤 유리에 큼지막하게 '초보 운전' 스티커도 붙였다.

사람들이 흔히 말하길 남편이 아내에게 운전을 가르쳐 주다가 부부싸움이 난다고 하지만 나는 그렇지 않을 거라고 자신했다. 조마조마하는 마음으로 운전대를 잡은 아내에게 "잘하고 있어!", "그래. 그렇지!"라며 자신감을 한껏 불어 넣어 주었다. 아내가 브레이크를 뜬금없이 밟아도, 가속 페달을 제대로 밟지 못해 뒤차가 빵빵거려도 용기를 북돋아 주었다. 다만 초보 운전 표지를 보고도 차 뒤에 바짝 붙어서 경적을 울리는 운전자들이 신경 쓰이긴 했다.

그런데 삼십 분 정도 지나자 슬슬 인내심이 한계에 다다랐다. 나는 급기야 아내에게 소리를 버럭 지르고 말았다. 아내가 사이드미러를 제대로 보지 않고 차선을 변경하다가 옆을 지나가던 차와 부딪칠 뻔한 것이다.

"아니, 그렇게 핸들을 갑자기 돌리면 안 된다니까!"

나는 화가 난 나머지 아내에게 운전석에서 내리라고 했다. 그리고 아내를 도로 옆 인도에 내려 둔 채 혼자 차를 몰고 집으로 와 버렸다. 처음엔 사고가 날 뻔한 상황 때문에 화가 났다고 생각했는데 내 감정을 깊이 들여다보니 다른 이유가 또 있었다. 이제부터는 아내가 딸을 차에 태우고 운전을 해야 하는데, 운전을 맡기기에는 너무나 불안한 이 상황을 어떻게 해결해야 할지 몰랐기 때문이었다. 혼자 걱정 속에 잠겨 있는데, 아내가 집에 돌아왔다. 그리고 내 옆에 와서는 눈물을 흘리며 나에게 말했다.

"여보. 사실 난 운전하는 게 너무 무서워."

아내의 눈물을 보니 그렇지 않아도 매정하게 혼자 집에 와 버려 미안했던 마음이 더 커졌다. 사실 아내는 버튼이 몇 개 없는 전기밥솥을 조작하는 것도 서투를 만큼 심각한 '기계치'였다. 이런 아내에게 손과 발을 다 사용해 기계를 조작하는 자동차 운전은 무서울 수밖에 없었다. 게다가 어린 딸까지 옆에 태우고 다녀야 하니 아내가 느끼는 부담감과 두려움은 이루 말할 수 없었던 것이다. 하지만 당시로서는 우리에게 다른 방법이 없었기에 아내는 운전이 능숙해질 때까지 연습해야 했다. 결국, 아내는 자동차운전학원에 등록하여 도로주행 연수를 받았다. 그러나 연수를 받은 후에도 아내의 운전 실력은 좀처럼 나아지지 않았다. 강사가 아내에게 "어떻게 면허를 땄는지 신기하네요."라고 말을 했을 정도니 말이다. 끝내 아내는 운전을 포기했다. 우린 또 다른 방법을 찾아야만 했다.

은행 대출을 받아 이사하다

그즈음 나는 회사에서 새로운 업무를 맡아 정신없이 바쁜 나날을 보내고 있었다. 새벽에 출근해 자정까지 일하는 날들이 많았다. 그러던 어느 날, 몸이 좋지 않아 평소보다 일찍 퇴근하게 되었다. 집으로 바로 갈까 하다 차를 돌려 아내의 직장으로 갔다. 모처럼 아내와 둘이서 집으로 돌아오는데, 아내 직장 근처에 있는 오래된 아파트가 눈에 들어왔다.

"저기 사는 사람들은 출근하기 좋겠어."

나는 혼잣말로 중얼거렸다. 그러자 아내가 웃으면서 말했다.

"그럼 우리도 여기로 이사 올까요?"

사실 딸이 어린이집에 등원할 수 있다는 연락을 받았을 때, 아내 직장 근처로 이사 가는 것을 잠시 고민해 보았다. 부동산에 전화를 걸어 아파트 전셋값을 알아보기도 했다. 아내가 직장 가까운 곳에 살면 운전을 하지 않아도 되었다. 아내는 딸을 데리고 걸어서 출퇴근할 수 있었다. 다만 당시 살던 집보다 두 배 이상 비싼 전셋값이 부담스러워서 아내에게는 말하지 않았다. 은행에서 전세자금 대출을 받아 보증금을 마련하는 방법이 있었지만, 매달 꼬박꼬박 나가는 대출 이자 때문에 빠듯한 생활을 해야 하는 '렌트푸어'가 되고 싶진 않았다. 그런데 그날 아내가 무심결에 꺼낸 이사 얘기에, 정말 그렇게 하는 것이 최선의 방법이라는 생각이 들었다. 실제로 나중에 대출 이자를 계산해 보니, 한 달 이자가 매일 택시로 출퇴근하는 비용과 비슷했다.

"그래! 이사 가자. 은행에서 대출을 받으면 될 거 같아."

아내는 전혀 예상치 못한 듯 적잖이 당황했다. 그러고는 농담으로 한 말이라며 신경 쓰지 말라고 했다. 아내는 시부모님께서 우리 때문에 원래 사시던 집을 전세 놓으시고 우리 동네로 이사 오셨는데 우리가 다른 동네로 이사하는 것은 부모님께 너무 죄송한 일이라고 생각했다. 일견 맞는 말이었다. 우리가 이사를 가면 부모님은 자식도 손주도 친구도 없는 동네에서 남은 계약 기간 동안 외롭게 지내셔야만 했다. 그렇지만 결심이 선 나는 부모님께 이사 계획을 말씀드렸다. 다행히 부모님은 맞장구를 쳐 주셨다. 오히려 전세금을 보태 주지 못해서 미안하다고 하셨다. 부모님은 이사를 망설이던 아내에게도 집을 빨리 알아보라고 설득하셨다. 섭섭하실 법한데도 우리 사정을 이해하시고 흔쾌히 배려해 주신 부모님께 정말 죄송하고 감사했다. 그리고 두 달 뒤, 우리는 아내의 직장 근처에 있는 집으로 이사를 했다.

'직주근접', 워킹맘에게 최고의 조건

주변을 보면, 우리처럼 아이가 있는 맞벌이 부부들은 아내 직장 근처로 이사하는 경우가 많다. 짧은 출퇴근 시간이 일과 육아의 병행에 큰 도움이 되기 때문이다. 현재 우리나라는 저출산 문제를 해결하기 위해 다양한 육아 정책을 펴고 있다. 대표적인 제도가 '육아기 근로시간 단축제'다. 만 8세 이하 자녀를 둔 근로자가 근로시간을 단축해 근무하는 것이다. 하지만 과연 회사에 눈치를 보지 않고 이 제도를 당당하게 사용하는 워킹맘들이 얼마나 될까? 자신의 근로시간 단축으로 인해 동료들에게 업무 부담을 줄까 봐 눈치가 보여 제대로 사용하지 못하는 것이 현실이다. 또 이후에 승진, 고과 등에서 보이지 않는 불이익을 당할까 봐 불안해서 사용하지 못하는 경우도 많다. 그리고 무엇보다도 한두 시간 일찍 퇴근한다 하더라도 출퇴근 시간이 길면 근로시간 단축의 효과는 생각만큼 크지 않다. 온종일 직장에서 일하며 소진된 체력이 퇴근길에 완전히 바닥나 버린다. 워킹맘에게 육아는 체력 싸움이라고 할 수 있다. 바닥난 체력으로는 집에 와서 아이들을 잘 돌볼 수 없다. 차라리 워킹맘에게는 근로시간 단축보다, 직장 가까운 곳에 사는 것이 훨씬 더 큰 도움이 된다. 실제로 아내의 경우 직장 근처로 이사 온 이후 직장생활 만족도가 더 높아졌다.

출퇴근 시간과 관련해 눈길을 끄는 연구 결과 하나를 소개한다. 2017년 영국 브리스톨 웨스트잉글랜드대학교(UWE

Bristol) 연구진은 영국인 직장인 2만 6천 명을 대상으로 5년간 출퇴근 시간이 삶에 어떤 영향을 미치는지 연구한 결과를 발표했다. 연구 결과 출퇴근 시간이 1분 늘어날 때마다 직장인들의 직무 만족도와 여가 만족도는 떨어지고 정신 건강은 악화되는 것으로 나타났다. 그리고 출근이나 퇴근 시간이 10분 더 걸리면 급여를 19퍼센트 삭감당한 것만큼이나 직무 만족도가 떨어졌다. 흥미로운 점은 영국 직장인들의 하루 평균 출퇴근 시간이 왕복 60분이라는 것이었다. 얼핏 봐도 우리나라 직장인들과 비교하면 그리 긴 시간이 아니다. 국토교통부와 한국교통안전공단이 2018년 수집된 교통카드 데이터를 바탕으로 분석한 자료에 의하면, 대중교통으로 수도권에서 서울로 출근하는 직장인들이 출근하는 데 걸리는 시간은 평균 1시간 21분이었다고 한다. 퇴근 시간까지 합하면 하루 평균 3시간가량을 길 위에서 보낸 것이다. 이를 보면 수도권에서 대중교통으로 출퇴근하는 워킹맘들이 얼마나 고생하는지 가늠하고도 남는다.

그래서 난 이런 상상을 해보았다. 정부가 저출산 대책에 해마다 쏟아붓는 10조 원이 넘는 돈 중 일부를 워킹맘의 직장·주거 근접 지원에 쓰는 것이다. 예를 들어 부부 합산 연 소득이 7천만 원 이하인 무주택 워킹맘이 직장에서 반경 5킬로미터 내에 있는 전셋집을 구할 경우, 육아기 3~5년 동안 일정 한도 내에서 무이자로 전세자금을 대출해 주는 것이다. 물론 이런 금융 지원 정책이 시행된다면 직장인 기혼 여성과 그렇지 않은 여성 간의 형평성 논란이 일어날지는 모르겠다. 그렇더라도 출산율을 높이는 데에는 근로시간 단축제보다 효과가 있지 않을까?

직장·주거 근접에 관련한 이야기를 조금 더 해 보자. 나의 대학 동기 중 서울에서 직장을 다녔던 친구가 있다. 이 친구는 결혼 후 아내의 직장이 있는 천안으로 이사했다. 그리고 매일 지하철을 타고 천안에서 서울까지 왕복 5시간 거리를 출퇴근했다. 그는 장거리 통근으로 살이 쭉쭉 빠지고 만성 피로에 시달렸다. 하지만 그의 아내는 걸어서 15분 거리에 있는 직장에 다니면서 육아까지 거뜬히 해냈다. 이 부부는 얼마 지나지 않아 둘째를 낳았다. 몇 년 후에는 셋째까지 낳았다. 아이가 세 명으로 늘자 더 이상 누군가의 도움 없이는 아이를 키우는 것이 어렵게 되었고, 결국 용인에 있는 부모님 집으로 들어갔다. 그의 아내도 다니던 직장을 그만두고 용인 근처에 새로운 직장을 구했다. 지하철로 10분 거리에 있는 직장이었다. 부모님과 한집에서 살면서 부딪히는 부분도 있고 불편한 점도 있었다고 했다. 그런데도 이 부부는 부모님의 도움 덕분에 육아 부담을 크게 덜게 되었고, 급기야 아이를 한 명 더 낳았다. 부모님의 도움과 직주근접이 아니었다면 결코 불가능한 일이었을 것이다.

둘째를 안 낳는 이유

그런데 요즘은 아이를 둘 이상 낳는 부부가 많지 않다. 왜 그럴까? 아마도 경제적인 이유가 클 것이다. 맞벌이라도 월급을 모아 내 집 한 채 마련하는 게 쉽지 않은 상황에서, 생활비와 사교육비마저 생각하면 둘째 낳기가 겁이 나는 것이다. 또 다른 이유는 첫째를 낳은 후 육아가 체력적으로뿐만 아니라 정신적으로도 얼마나 힘든지 여실히 경험했기 때문이다. 말하자면 그 힘든 경험을 반복하고 싶지 않아서 둘째를 낳지 않는다. 특히 남편이 육아에 비협조적일수록 둘째 낳기를 거부한다. 물론 아내 못지않게 성실하게 육아에 동참하는 남편들을 간혹 보긴 한다. 실례로 한의사인 친구 한 명은 퇴근 후 매일 아이를 안아 주며 돌보다가 손목 인대가 손상되었다. 그로 인해 그는 한동안 환자들에게 침을 놓지 못했다. 그뿐만 아니라 아이를 돌보느라 자신만의 시간이 없어지면서 침울한 감정에 자주 휩싸였다고 했다. 이 친구처럼 아내 못지않게 아이를 열심히 돌봤던 남편들은 오히려 둘째 낳는 것을 아내보다 더 반대하기도 한다.

부끄러운 고백이지만 사실 나는 직장에 다닐 때는 육아에 적극적으로 참여하지 않았다. 보통 어린 아기들은 새벽에 자주 깬다. 우리 딸은 백일이 지나고 돌이 될 때까지도 새벽에 두세 번씩 꼭 깨곤 했다. 배가 고파서 깨기도 했고, 이앓이를 하느라 깬 적도 있었다. 또 혼자 뒤집기를 하다가 팔이 몸 밑에 끼여 혼자 낑낑거리다 잠을 깨기도 했다. 나는 잠에서 깬 딸의 울음소리조차 못 듣는 적이 많았다. 그렇지만 아내는 딸이 잠에서 깨어 낑낑거리는 작은 소리에도 자동적으로 일어났다. 마치 아내의 귀는 자면서도 아기에게만큼은 활짝 열려 있는 것 같았다.

아내는 허리와 손목이 너무 아파서 딸을 안기 힘든 새벽에만 나를 깨웠다. 그러면 나는 비몽사몽의 상태로 딸에게 분유를 타 먹였다. 그런데 간혹 딸이 분유를 먹은 후 한참이 지나도 트림을 안 할 때가 있었다. 어떤 때는 딸을 안고 트림할 때까지 한 시간 넘게 등을 쓰다듬고 토닥거리기도 했다. 그런 날은 팔목이 아픈 것은 둘째 치고, 아침에 회사에 출근해 퇴근할 때까지 피곤했다. 내가 이럴진대 매일 새벽마다 두세 번씩 일어났던 아내는 오죽했을까? 당시 아내의 눈은 자주 빨갛게 충혈이 돼 있었다. 그런데도 철없었던 나는 밤늦게 퇴근하고 집에 왔을 때 아내가 아이와 자고 있으면, 슬그머니 이불을 들고 작은방에 건너가 편하게 잠을 자곤 했다. 아이가 있는 친구들에게 물어보니 그들도 대부분 그랬다고 털어놓았다. 나처럼 의리 없이 행동하는 아빠들이 많아서 '독박육아'란 말이 나왔나 보다.

03

세 살 아이의
어린이집 적응기

아이의 힘겨운 첫 사회생활

  초보 아빠였던 나는 딸이 어린이집만 가면 맞벌이 부부의
육아 고충이 해결될 줄 알았다. 그러나 우리 부부에게는 어린
이집 적응이란 또 다른 고비가 기다리고 있었다. 세 살 아이
의 첫 사회생활인 어린이집 적응이 생각만큼 쉽지 않았던 것
이다. 딸은 그동안 돌보아 주신 할머니, 할아버지와 처음 떨
어져 낯선 공간에서 낯선 사람들과 지내는 것에 불안을 느꼈
다. 어린이집에서는 입소 후 처음 2~3주가량은 적응 기간으
로 두고 부모나 조부모와 함께 지낼 수 있도록 배려해 주었

다. 어머니께서는 딸의 어린이집 적응을 돕기 위해 3주 동안 매일 아침 지하철을 타고 우리 집에 오셨다. 그리고 아내와 딸과 함께 직장 어린이집에 등원해 주셨다.

딸은 어린이집 등원 첫 주에는 할머니와 같이 등원해서 두 시간 정도 있다가 집에 왔다. 둘째 주 초반에는 어린이집에서 점심을 먹고 오고, 후반에는 오후에 낮잠까지 자고 오는 식으로 점차 어린이집에 적응하는 시간을 늘려 나갔다. 하지만 딸은 어린이집에 등원한 지 셋째 주가 되어도 할머니가 잠시라도 안 보이면 울고불며 불안해했다. 딸은 스트레스로 면역력이 약해졌는지 헤르페스 바이러스에 감염돼 입술과 입가에 물집이 더덕더덕 생겨서 가려워했다. 편도까지 심하게 부어 침 삼키는 것조차 힘들어했다.

넷째 주부터는 할머니 없이 엄마와 등원하여 어린이집 앞에서 헤어지기 시작했다. 그런데 딸은 아침마다 출근 준비로 정신없이 바쁜 아내의 마음을 아는지 모르는지 옷을 입지 않으려고 떼를 쓰고, 겨우 집을 나서서는 엄마 품에 딱 달라붙어 도통 걸으려고 하지 않았다. 아내는 하는 수 없이 일주일 내내 딸을 안고 출근했다. 그나마 딸의 애착 물건인 베개를 가져와 어린이집에서 베고 있게 하면서부터 조금씩 안정을 찾아갔다.

그렇게 한 달이 지나자 딸은 점점 어린이집에 잘 적응해 갔다. 저녁에 집에 와서는 엄마 아빠에게 어린이집에서 친구들과 무얼 하며 놀았는지 아기 새처럼 재잘거렸다. 얼마 지나자 딸은 자기가 먼저 어린이집으로 뛰어 들어가 선생님과 포옹하고 엄마는 아예 쳐다보지도 않았다고 한다. 딸이 어느새 쑥 자랐다는 느낌이 들었다. 딸이 어린이집에 적응하는 모습을 지켜보면서, 아이를 키울 때 부모가 너무 조바심을 내거나 걱정할 필요가 없다는 것을 깨달았다.

나는 육아 전문가는 아니지만, 아이를 키워 보니 부모에게 필요한 마음가짐 중 하나가 여유라고 확신하게 되었다. 물론 나도 딸이 어릴 때는 이런저런 걱정을 많이 했었다. '너무 이른 나이에 어린이집에 보내서 아이를 힘들게 한 건 아닌가?', '내가 신경을 못 써서 아이가 또래보다 몸무게가 적게 나가는 건가?' 하며 안달을 내기도 했다. 지금이라고 딸 걱정을 안 하는 것은 아니지만, 그래도 이전보다는 훨씬 덜하다. 부모의 역할을 완벽하게 하겠다는 불가능한 목표만 내려놓으면 걱정과 불안이 줄어든다. 부모의 마음에 여유가 없으면 아이의 마음에도 여유가 있을 수 없다. 알다시피 자녀는 부모의 모습을 보면서 자란다. 마음의 여유를 가지고 아이를 기다려 주는 부모가 그렇지 않은 부모보다 아이를 더 건강하게 키우는 모습을 자주 본다.

아픈 만큼 성장한다
딸이 어린이집에 잘 적응하고 지내던 어느 날, 원장선생님에게서 전화가 왔다. 아내와 통화가 안 돼서 나에게 전화를 한 것이었다. 원장선생님은 우리 아이가 벽에 부딪혀 윗입술이 찢어지는 바람에 피가 많이 나 어린이집에서 응급 처치를 한 후 병원으로 데려가 치료를 받았다고 했다. 딸이 다쳤단 말에 놀라긴 했지만, 다행히 크게 다친 것은 아니었다. 다만 벽에 부딪힐 때의 충격으로 치아 신경이 죽어서 윗니 두 개가 점점 검게 변해 갔다. 치과의사는 영구치가 아니니 걱정 말라고 했지만, 부모 마음이 어디 그렇던가?

어린이집에서는 아이가 크게 다친 것이 아니라면 누구 때문에 다쳤는지 부모에게 굳이 먼저 알려 주지 않았다. 상황을 정확하게 모르는 부모들이 성급하게 판단하면 자칫 작은 오해가 어른들의 싸움으로 번질 수 있다고 보기 때문인 것 같았다. 나는 지금도 어린이집의 그러한 방침은 옳다고 생각한다. 나중에 아내 얘기를 들어 보니, 딸이 다친 다음 날 아내 직장 동료가 아내를 찾아와서는 자기 아들이 우리 딸을 벽에 밀어서 다치게 했다며 거듭 사과했다고 한다.

많은 아이가 한 공간에서 종일 어울려 놀다 보면 다칠 수도 있다. 또한, 단체생활을 하면서 감기에도 자주 걸리게 되고, 독감이나 수족구와 같은 전염병에 걸리는 일도 있다. 딸도 어린이집에 다니고 나서부터 병원에 가는 일이 잦아졌다. 아이가 아프거나 다치면 부모 마음은 더 아프다. 하지만 그것은 아이를 어린이집에 맡긴 부모가 감수해야 할 몫이었다.

이 책을 읽는 독자 중에도 우리 부부처럼 자녀를 이른 시기에 어린이집에 보낼 수밖에 없는 분들이 있을 것이다. 그분들에게 드리고 싶은 말씀은 아이에게 너무 미안한 마음을 갖지 말라는 것이다. 낮에 아이 곁에 있어 주지 못하는 것에 대해 자책하게 되면, 직장에서 일하는 것도 육아도 더 힘겹게 느껴진다. 부모의 역할을 제대로 못하는 것 같아 마음이 늘 편치 못하다. 아이에게 자꾸 미안하다는 말을 하게 된다. 하지만 매일 미안해하는 엄마 아빠의 얼굴을 보는 아이의 마음도 편하지 않다는 것을 기억하자. 차라리 어린이집의 긍정적인 면을 더욱 생각하자. 아이들은 집에서보다 어린이집에서 더 다양한 놀이를 하면서 더 큰 자극을 받는다. 이는 아이의 신체와 두뇌 발달은 물론, 사회성에도 긍정적인 영향을 미친다. 그렇다고 엄마나 아빠가 낮에 아이를 돌볼 수 있는데도 불구하고 세 살도 안 된 아이를 굳이 어린이집에 보내는 것은 그리 권하고 싶지 않다.

어린이집을 떠나 유치원으로

여느 국공립 어린이집과 마찬가지로 아내 직장의 어린이집도 입소 경쟁률이 매우 치열했다. 어린 자녀를 둔 직원들은 대부분 지원하기 때문에 11월에 추첨을 통해 다음 해 3월에 입소할 대상자를 선발했다. 우리 아이는 4세 반까지 다니다 5세 반 추첨에서 떨어졌다. 아내가 어린이집 추첨에서 떨어졌다고 알려 주던 날의 심정은 이루 말할 수가 없을 정도로 착잡했다. 내가 대학 입시에서 떨어졌던 날만큼 심란했던 것 같다.

우리 부부는 딸을 맡길 수 있는 유치원을 이곳저곳 알아보기 시작했다. 집에서 가까운 유치원 몇 군데에 원서를 넣었다. 그런데 신입 원아 모집 추첨에서 다 떨어졌다. 오래전 일이지만 당시 추첨 현장이 잊히지 않는다. 유치원 강당에서 추첨을 했는데, 환희와 탄식이 순간순간 극명하게 교차했다. 추첨에 뽑힌 엄마들은 "와!" 하고 소리를 지르며 뛸 듯이 기뻐했고, 떨어진 엄마들은 "아!"하고 탄식하며 낙심했다. 아마 대한민국에서만 볼 수 있는 진풍경이 아닐까 싶다.

마지막으로 추첨을 했던 유치원에서조차 떨어지자 맥이 확 풀렸다. 직장에서 희망의 소식을 기다리고 있을 아내에게도 미안했고, 곧 퇴소해야 할 어린이집에서 아무것도 모른 채 놀고 있는 딸에게도 미안했다. 혹시나 하는 마음에 입학 대기를 신청했다. 대개 유치원 모집 추첨에서 모두 떨어지면 남은 방법은 두 가지다. 부모가 집에서 홈스쿨링을 하거나, 한 달에 백만 원이 넘는 영어유치원에 보내는 것이다. 우리는 둘 다 여의치 않아 겨우내 마음고생을 했다. 다행스럽게도 대기 신청을 해 놓았던 유치원에서 연락이 와 딸을 입학시킬 수 있었다.

나는 딸이 어린이집을 떠나야 하는 시간이 다가올수록 마음이 복잡했다. 이제 더는 딸이 아내와 같은 장소에서 지내지 못하는 것이 가장 섭섭했다. 그리고 딸이 무척 좋아하고 따랐던 선생님들과 헤어져야 하는 것도 아쉬웠다. 그래서 딸이 어린이집을 떠나는 날, 원장선생님과 조리사 선생님, 그리고 열 분의 선생님 모두에게 작은 선물과 감사의 편지를 드렸다. 우리 아이가 하루의 절반을 머물렀던 곳에서 엄마 아빠의 빈자리를 채워 주셨던 분들께 진심으로 감사한 마음이 들었기 때문이었다. 다음은 그때 선생님들께 드렸던 편지 내용의 일부이다.

> 교육의 질은 교사의 수준을 넘어설 수 없다는 말을 믿습니다. 세상의 어떤 좋은 교육 시설과 교육 프로그램보다도 아이들과 함께 있는 것을 좋아하는 한 명의 교사가 아이의 인생에 미치는 영향력이 크다고 생각합니다. 그런 면에서 저희 딸은 참 행복하고 축복받은 아이였습니다. 열 분의 선생님들이 저희 아이와 함께해 주셨기 때문입니다. 저는 선생님들에 대해서 잘 알지 못합니다. 그렇지만 저희 딸의 모습 안에 녹아 있는 선생님들의 사랑을 느낄 수 있었습니다. 저희 아이에게 건강한 품성을 심어 주셔서 감사합니다. 선생님들의 사랑으로 아이에게 심긴 건강한 자아상과 성품은 앞으로 아이가 살아가면서 관계 맺게 될 수많은 사람들에게도 선한 영향을 끼칠 것이라 믿습니다.

적응 유연성 키우기

딸은 어린이집을 떠나 유치원에 입학했다. 이제 또다시 유치원 생활에 적응해야 했다. 요즘 새삼 느끼는 것은, 우리의 삶이 태어나는 순간부터 적응의 연속이라는 것이다. 아기는 태어나는 순간 엄마 뱃속에서 탯줄을 통해 호흡하던 것에서 벗어나 폐로 호흡하는 것에 적응해야 한다. 잇몸과 혀로 엄마 젖과 젖병을 빨던 것이 익숙해질 때쯤 되면 치아로 음식을 씹는 것에 적응해야 한다. 살면서 적응해야 할 것은 이뿐만이 아니다. 초등학교, 중학교, 고등학교, 대학교로 이어지는 새로운 교육 환경에 매번 적응해야 한다. 직장에 들어가면 업무 환경에 빨리 적응해야 한다. 결혼생활도 적응의 한 과정이다. 평생 나와 다른 문화와 환경에서 성장한 배우자에게 잘 적응해야 가정이 유지된다.

이와 같은 맥락에서 보면 자녀에게 좋은 환경을 만들어 주는 것만이 부모의 역할은 아니다. 자녀가 어떤 환경에 처하더라도 잘 적응할 수 있도록 마음의 힘을 길러 주는 것이 더 중요하다. 말하자면 자녀가 새로운 인간관계, 낯선 문화, 힘든 상황 속에서도 잘 적응할 수 있도록 유연성을 키워 주는 것이다. 이러한 적응 유연성은 자신감, 소통 능력, 부모와의 친밀한 관계, 호기심 등을 통해 발달한다고 한다.

나는 딸의 적응 유연성을 키워 주기 위한 한 방법으로, 딸과 함께 수만 권의 책이 있는 대형 서점에 자주 갔다. 딸이 책을 통해 다양하고 새로운 세계를 간접적으로나마 경험하고, 다양한 분야에 흥미와 관심을 두게 될 것을 기대했다. 나는 종종 일요일 오후에 딸을 데리고 서점에 가서, 딸이 읽고 싶은 책을 마음껏 보게 했다. 꼭 갖고 싶은 책을 한두 권씩 사 주기도 했다. 대형 서점에는 책 이외에도 어린아이들의 호기심을 불러일으키는 장난감, 문구, 소품들도 많아서 딸은 언제나 서점에 가는 것을 좋아했다.

요즘에도 주말에 중학생이 된 딸과 서점에 가서 책을 본다. 각자 읽고 싶은 책을 읽을 때도 있고, 같은 책을 함께 읽을 때도 있다. 같은 책을 읽은 날에는 서점 안에 있는 카페에서 책 내용에 대해 대화를 나눈다.

책을 통한 다양한 간접경험, 책을 매개로 한 토론과 대화를 통한 소통 능력 향상, 부모와 함께하는 시간을 통한 유대감과 친밀감은 자녀의 적응 유연성을 높이는 데 크게 도움이 된다. 이런 점에서 아이와 함께 서점에 가는 것을 꼭 추천하고 싶다.

PART
2

남과 다른 삶을
산다는 것

돌아보건대 나는 학창시절
내가 남보다 얼마나 잘하는지
늘 비교하고 경쟁하며 공부해 왔다.

경쟁 자체가 나쁜 것은 아니다. 하지만 경쟁의 대상이 남이 아닌 나 자신
이었으면 더 좋았을 것이라는 아쉬움이 남아 있다. '어제보다 더 나은 내
가 되는 것'에 만족감을 느끼며 살았다면 훨씬 더 건강한 자존감을 가질
수 있었을 것이라는 아쉬움이다.

퇴사를 부른
육아 전쟁

두 번째 퇴사를 고민하다

앞에서 말했듯이 나는 이십 대에 첫 직장을 입사한 지 일 년
만에 그만뒀다. 돌아가는 쳇바퀴 같은 직장생활이 답답했다.
부서장님 눈치를 보느라 퇴근을 못 하는 것도 고역이었다. 그
당시 부양해야 할 가족이 있었다면 참고 다녔을지 모르겠다.
사직서를 쓰기 전까지 한 달 정도 망설였다. 막상 퇴사하려니
앞날이 좀 불안하긴 했다. 이 정도의 월급을 받으면서 다닐
수 있는 직장도 별로 없을 것 같았다. 무엇보다 부모님께 실
망을 끼쳐 드리는 것이 죄송스러웠다. 혹여 부모님께서 참고

계속 다니라고 설득하시면 어떻게 해야 하나 걱정도 됐다. 그도 그럴 것이 그해 아내와 결혼을 하기로 약속한 상황이었다. 퇴사하면 당분간 실직자가 될 텐데, 그러면 결혼도 기약 없이 미룰 수밖에 없었다.

이런저런 고민 끝에 결국 난 퇴사를 결심했다. 그리고 사직서를 제출하는 날 아침 아버지께 전화를 드렸다.

"저 오늘 사직서 내려고요."

잠시 어색한 침묵이 흐른 후, 아버지는 한 말씀만 짧게 하시고 전화를 끊으셨다.

"그래. 그동안 수고했다."

의외였다. 아버지는 내가 왜 퇴사하려고 하는지 묻지 않으셨다. 조금만 더 참고 다녀 보라고 말씀하시지도 않았다. 나는 아버지가 퇴사를 반대하실 줄 알았는데, 아버지는 무덤덤하게 아들의 결정을 받아들이셨다. 사실 나는 아버지가 강하게 만류하시면 결혼할 때까지 퇴사를 미룰 마음도 있었다. 하지만 아버지는 반대하지 않으셨고, 나는 그날 사직서를 제출했다. 아버지는 자식 중 당신의 성격을 가장 많이 닮은 내가 대기업에서 직장생활하는 게 쉽지 않을 거라는 것을 이미 알고 계셨던 것 같다.

이렇게 내가 첫 직장을 처음 그만둘 때는 결혼 전이었다. 조직 생활에 적응하지 못한 나 자신의 문제가 회사를 그만둔 이유였다. 그런데 결혼 후 들어간 두 번째 회사에서도 나는 또 다시 퇴사를 고민했다. 이번엔 직장과 가정에서의 어려움이 얽히고설켰다. 첫 직장을 그만둘 때보다 더 많은 고민을 했다.

두 번째 직장은 중소기업이었다. 이전에 다녔던 대기업과 달리 젊은 직원들이 많았고, 회사 분위기도 무척 역동적이었다. 급여는 이전 회사보다 적었지만 짧은 기간 다양한 일들을 배울 수 있어서 대체로 만족스러웠다. 나의 역량을 발휘할 기회도 종종 주어졌다. 그런데 회사를 3년 정도 다니다 보니 사장님의 회사 운영 방식 중 개선했으면 하는 것들이 하나씩 눈에 들어왔다. 그냥 모른 척할까 생각도 했지만, 내 딴에는 애사심에서 내 생각을 가감 없이 사장님께 말씀드렸다. 그로 인해 사장님과의 관계가 점점 어려워졌다. 중간에서 이간질하는 상사도 있었다. 사장님이 나를 탐탁지 않게 여긴다는 것을 동료들을 통해 알게 되었다. 하긴 임원도 아닌 일개 직원인 내가 그러는 모습이 사장님 눈에는 어쭙잖았을 것이다. 당시 사장님과의 관계가 불편하긴 했지만, 그게 회사를 그만둘 정도의 스트레스는 아니었다.

정작 직장 내에서의 문제보다 더 큰 어려움은 가정에서의 육아 고충이었다. 아내는 직장 일, 살림, 육아 그 어떤 것도 소홀히 하지 않았다. 워낙 성실하고 책임감이 강해서 요령을 부릴 줄 모르는 사람이었다. 그러다 보니 아내는 퇴근 후 집에 와서도 자기 전까지 쉴 틈이 없었다. 아내는 슈퍼우먼이 되기에는 체력이 많이 약했다. 아내의 얼굴에는 늘 피곤한 기색이 역력했다.

그렇다고 내가 아내만큼 집안일과 육아에 신경을 쓰기도 쉽지 않았다. 나는 아내보다 퇴근이 늦었다. 평균 밤 10시는 되어서야 집에 들어왔다. 집에 오면 지친 아내와 잠든 딸의 얼굴만 볼 뿐이었다. 출장도 잦았다. 한번은 지방에서 4개월 동안 프로젝트를 한 적이 있었는데, 그때는 주말에만 집에 왔다. 주중에는 가족들과 떨어져 있는 것이 외로웠고, 주말에는 딸이 아빠를 낯설어하는 것이 서운했다. 이렇게 사는 것이 과연 내가 원했던 삶인지 회의가 많이 들었다.

아내와 사소한 일로 다툰 날도 있었다. 나와 아내 모두 직장에서 심한 스트레스를 받고 온 날이 그랬다. 직장 어린이집과 유치원은 맞벌이 부부에게 한 줄기의 빛과 같았으나, 퇴근 후 육아의 고충마저 해결해 주는 것은 아니었다. 그나마 아내가 야근이나 회식 때문에 밤늦게 퇴근할 때면 부모님이 오셔서 딸을 돌봐 주셨다. 딸이 독감에 걸려 일주일 내내 유치원에 못 갔을 때는 어머니께서 우리 집에서 지내시며 아이를 돌봐 주셨다. 이렇게 아내의 직장 근처로 이사를 오고 난 이후에도 부모님의 도움이 없었다면 우리 부부는 더 힘들었을 것이다. 하지만 부모님이 딸을 돌봐 주시기 위해 또다시 우리가 이사한 동네로 이사 오실 수는 없었다.

부부 중 한 명이 직장을 그만둔다면

어느 날 아내가 나에게 이런 말을 했다.

"유대인 엄마들은 하버드대학을 졸업했건 예일대학을 졸업했건, 자녀를 낳으면 직장을 그만두고 아이 돌보는 데 집중한대요."

유대인 엄마들이 실제로 그런지는 모르겠다. 지금 생각해보니 아내가 나에게 이 말을 했던 것은 육아에 전념하고 싶다는 마음을 에둘러 표현했던 것이었다. 하지만 나는 아내가 아이 때문에 회사를 그만두는 것을 반대했다. 우리 부부 중 한 명이 직장을 그만두고 아이를 키워야 한다면, 차라리 내가 그만두는 편이 낫다고 생각했다.

당시 내가 다녔던 회사는 경기 흐름에 영향을 많이 받는 업종이었다. 월급이 제때 안 나온 적도 있었다. 공무원이나 대기업 직장인들은 월급날 월급이 통장에 입금되지 않았을 때 기분을 잘 모를 것이다. 월급이 하루만 밀려도 '이러다 우리 회사 망하는 거 아닌가?' 하는 걱정으로 밤잠을 설친다. 반면 아내 직장은 경기에 크게 영향을 받지 않는 데다 정년이 보장된 회사였다. 급여도 나보다 많았다. 한국 사회에서 남자가 직장에 다니지 않고 집에서 아이를 키우며 아내를 외조하는 것은 그리 흔한 일은 아니다. 그래도 경제적인 측면과 고용 안정성을 고려했을 때, 우리 가정은 아내보다 내가 직장을 그만두는 게 더 나은 선택이었다. 그 순간에는 솔직히 결혼 전 대기업을 퇴사하고 나온 것이 좀 후회스러웠다. 만약 내가 대기업을 계속 다녔더라면 아내에게 회사를 그만두고 육아에 전념해도 괜찮다고 말했을지 모른다.

일과 육아의 병행은 왜 어려울까?

현재 우리나라는 주 52시간 근무 제도가 시행되고 있다. 유연근무제를 도입하는 기업들도 늘고 있다. 맞벌이 부부의 가사와 양육 부담을 덜어주는 '워라밸(Work and Life Balance)' 조직문화도 점차 퍼지고 있다. 이런 사회적 분위기를 보면, 직장생활과 육아를 병행하는 것이 그리 어렵지 않을 것 같다는 느낌도 든다.

그뿐만이 아니다. 최근엔 집에서 아이를 보거나 살림을 하며 직장 다니는 아내를 외조하는 남편들도 늘고 있다. 2017년에 우리나라의 남성 전업주부 수가 17만 명을 넘어섰다고 한다. 대기업 인사팀 부장으로 근무했던 나의 대학 선배 한 명도 몇 년 전 회사를 그만두었다. 담당 임원이 수차례 말렸지만, 선배는 워킹맘인 아내 대신 두 아이 교육에 전념하겠다며 사표를 썼다. 요새 그 선배는 나와 연락하는 횟수가 부쩍 늘었다. 나는 선배의 마음이 충분히 이해가 됐다. 남성 전업주부가 많이 늘어났다고 하지만, 아빠들은 엄마들과 달리 주변에 양육에 관한 고민이나 경험, 정보 등을 함께 나눌 사람이 별로 없다. 이것이 내가 이 책을 쓴 이유 중 하나이기도 하다.

이처럼 여성들이 일과 육아를 병행할 수 있는 사회적 분위기가 점점 조성되고 있는 것 같은데도, 출산과 육아 때문에 직장을 그만두는 워킹맘들이 여전히 많다. 주로 30대 워킹맘들이 아이가 유치원이나 초등학교에 입학할 시기에 퇴사한다. 워킹맘들이 아이가 초등학교에 갈 때 직장을 그만두는 이유는 명확하다. 초등학교 1학년은 수업이 유치원보다도 일찍 끝난다. 아무리 방과 후 수업을 듣도록 하고 학원을 두세 곳 보내더라도 이후에 아이를 돌봐 줄 사람이 필요하다. 그래서 직장을 그만두거나, 그만둘 수 없는 경우 아이를 돌봐 줄 보모를 구한다. 딸아이의 친구 엄마 중에는 아이가 초등학교에 입학하자마자 정년이 보장된 공기업을 그만둔 분이 있었다. 그분은 아마 아이를 엄마가 직접 키우는 것이 커리어우먼으로서의 경력과 성공보다 더 가치가 있다고 생각하신 것일 테다.

그런데 보모를 고용한 워킹맘 중에도 직장을 그만두는 경우가 종종 있다. 낮에는 직장에서 스트레스를 받고 밤에는 집에서 가사와 육아에 치이며 마치 '넛크래커'에 끼인 호두 같은 신세에 몸과 마음이 지쳐서 직장을 그만두는 것이다. 사실 그렇다. 정신력뿐만 아니라 체력이 받쳐 주지 못하면 일과 육아를 병행하기란 현실적으로 정말 어렵다. 나의 대학 동기 중 한 명은 미국으로 유학까지 다녀 온 능력 있는 워킹맘이었다. 그녀는 직장에서 승승장구했지만, 두 아이를 낳은 후 도저히 일과 육아를 병행할 수 없어서 직장을 그만두었다.

통계청이 발표한 '성/연령별 경제활동인구' 자료를 보면, 2019년 1분기 25~29세 여성의 경제활동참가율은 76.2퍼센트였다. 반면, 30대 여성의 경제활동참가율은 62.8퍼센트로 낮아졌다. 30대에 들어선 여성 열 명 중 두 명이 직장을 그만둔다는 얘기다. 또한, 30대 남성의 경제활동참가율(91.8%)과 비교해보면 30대 여성의 경제활동참가율이 얼마나 낮은지 알 수 있다. 즉 아직도 많은 30대 여성이 출산과 육아로 경력이 단절되고 있다. 그런데 문제는 이뿐만이 아니다. 여성들이 아이를 어느 정도 키우고 다시 취업전선에 뛰어든다고 하더라도 이전 직장만큼의 급여와 고용 안정성을 보장받기가 어렵다. 그러다 보니 재취업을 포기하고 다시 집으로 돌아가는 여성들도 많이 있다.

남편인 내가 사표 쓰다

결국, 우리 부부는 직장과 육아를 병행하는 것은 무리라고 판단했다. 일단 내가 직장을 그만두고 육아에 좀 더 집중하기로 했다. 그런데 막상 직장을 그만둘 생각을 하니 걱정되는 것이 한둘이 아니었다. 우선 맞벌이에서 외벌이로 바뀌면서 줄어들게 될 가계 수입이 걱정스러웠다. 매달 고정적으로 나가는 식비, 관리비, 통신비, 교통비, 보험료 등을 어떻게 절약할 수 있을지 몇 번이고 계산해 봤다. 또 앞으로 경제적 책임을 홀로 짊어질 아내의 부담감과 아내에게 경제력을 의존하게 될 내 처지도 신경이 쓰였다. 물론 내가 직장을 그만두지 않고 보모를 고용하는 방안도 생각해 보았다. 하지만 우리 부부와 양육 가치관이 비슷한 보모를 찾기가 쉽지 않다고 판단했다. 더구나 주변 사람들의 이야기를 들어 보니 보모 월급을 주고 나면 결국 남는 게 별로 없다고 했다.

내가 퇴사하면 앓던 이가 빠진 듯 후련하게 생각하실 줄 알았던 사장님은 두 번이나 집 앞까지 찾아오셔서 퇴사를 만류하셨다. 사장님의 그런 모습을 보고 '괜히 사표를 썼나?' 하는 마음이 잠깐 들기도 했다.

사실 직장인들은 누구나 한 번쯤 사표를 던지고 싶은 충동을 느낀다. 나와 잘 맞지 않는 상사 때문에, 혹은 하는 일이 마음에 들지 않아서 충동적으로 사표를 쓰는 직장인들도 있다. 혹시 이 책을 읽는 독자 중에 사표를 쓸까 말까 고민하는 분이 있다면, 충분한 대책 없이 사표를 쓰지는 않았으면 좋겠다. 사표를 쓰고 속이 후련한 것은 길어야 한 달이다. 대책 없이 사표를 쓴 퇴사자들 대부분이 녹록치 않은 현실에 사표 쓴 것을 후회한다. 재취업은 쉽지 않을 뿐만 아니라 만반의 준비를 하고 이직을 하더라도 여전히 사람 스트레스와 업무 스트레스는 존재하기 때문이다.

결혼 전 첫 번째 직장을 그만두었을 때 제일 힘들었던 것은 아침에 일어나서 할 일이 없다는 것이었다. 한창 일할 나이에 일할 곳이 없다는 것만큼 힘든 일도 없다는 것을 그때 깨달았다. 마땅히 갈 곳이 없으니 집에 있는 시간이 많아졌고, 그렇게 하루하루 지내다 보니 답답하고 불안했다. 육아 때문에 두 번째 직장을 그만둔 후에도 정도의 차이는 있었지만 답답한 것은 마찬가지였다. 집에 있은 지 일주일도 지나지 않았는데 공허함과 무기력감이 밀려왔다. 이렇게 계속 있으면 자존감이 바닥을 칠 것 같아 불안했다. 육아와 일을 병행할 수 있는 회사가 한두 곳은 있지 않을까 싶었다. 혹시나 하는 마음에 직장에 다니는 몇몇 친구들한테 연락을 해 보았다. 그들이 일하는 회사에 혹시 정시에 퇴근할 수 있는 일자리가 있는지 물어봤다. 역시 짐작한 대로 친구들의 대답은 한결같았다.

"그런 일자리가 있으면 나한테 소개해 줘."

이제 나는 나의 선택지에서 '재취업'을 빼기로 했다. 대신 직장을 다닐 때보다 여유가 있으면서 살림과 육아에도 집중할 수 있는 일이 무엇인지 고민했다. 그리고 고민 끝에 찾은 답이 바로 '창업'이었다.

02

·············

창업과 함께 시작된
아빠의 육아

회사를 설립하다

장모님께는 사업을 시작하기 전까지 직장을 그만둔 사실을
말씀드리지 않았다. 장모님이 창업을 반대하시고 재취업을
권하시면 거역할 자신이 없었다. 경제적 능력이 없었던 나를
기꺼이 사위 삼아 주셨던 장모님을 볼 면목이 없었다. 그래서
아버지 어머니께만 직장을 그만두고 창업을 준비한다는 것을
말씀드렸다.

예상대로 어머니는 창업을 반대하셨다. 하루가 멀다 하고
전화하셔서 빨리 다른 직장을 알아보라고 다그치셨다. 육아

때문에 그런 거라면 다시 아이를 돌봐 주시겠다고 하셨다. 내 결심이 흔들리지 않자 아내에게도 전화하셔서 나를 좀 말려 보라고 하셨다. 그도 그럴 것이 예전에 형이 사업을 하다가 실패했을 때 어머니가 마음고생을 많이 하셨다. 이후 형이 회사에 들어가서 잘 다니는 모습을 보시고서야 걱정을 내려놓으셨다. 어머니는 둘째 아들마저 사업하는 것을 원치 않으셨다. 아내는 중간에서 이러지도 저러지도 못하는 난처한 처지가 되었다.

이렇게 어머니는 창업을 극구 만류하셨지만, 아내는 반대하지 않았다. 아내마저 반대했다면 창업을 하지 않았을 것이다. 감사하게도 아내가 소극적이나마 지지를 해 주었기 때문에, 나는 회사를 설립하기 위한 준비를 차근차근히 해 나갔다.

나는 우선 내가 무엇을 가장 잘할 수 있을지, 무엇에 열정을 쏟을 수 있을지 고민했다. 대학에서 배운 지식과 회사에서 익힌 역량으로 교육 프로그램을 개발하면, 고객들에게 차별화된 서비스를 제공할 수 있을 것이라 판단했다. 또 대학생들과 직장인들에게 비전을 실행하는 방법을 알려 주는 것도 가치 있는 일이라고 생각했다. 이와 같은 야심 찬 생각을 품고 회사의 사업 방향을 비전 교육, 역량 개발 교육, 성과 관리 교육으로 결정했다. 그리고 나와 함께 교육을 진행할 강사들을 하나둘씩 섭외했다. 직장을 다닐 때 인연을 맺었던 분들이 외부 강사로 흔쾌히 참여해 주었다.

하지만 자본금이 넉넉하지 않았던 터라, 창업 비용을 줄이기 위해 법무사를 대행하지 않고 직접 발로 뛰며 법인을 설립했다. 개인사업자가 아닌 법인사업자로 회사를 설립하는 과정이 쉽지는 않았다. 그렇다고 혼자서 진행하지 못할 만큼 어려운 것은 아니었다. 나는 먼저 회사 이름을 정한 후 사무실을 임대하고 자본금을 예치한 은행에 가서 잔액 증명서를 받았다. 그리고 구청에 가서 등록세를 내고 등기소에 가서 등기 신청을 했다. 이후 세무서에서 사업자등록을 신청하고 사업자등록증을 발급받아 드디어 사업을 시작할 수 있게 되었다.

회사 사무실은 집에서 걸어 다닐 수 있는 가까운 곳을 임대했다. 서울 외곽 지역에 임대료가 저렴한 사무실이 많았지만, 출퇴근 시간을 줄이고 딸과 더 많은 시간을 보내고 싶었다. 사업을 시작한 이유 중 하나가 일을 하면서도 육아에 집중하기 위함이었다. 실제로 사업을 시작한 후 딸과 함께 있는 시간은 회사에 다닐 때와는 비교할 수 없을 정도로 길어졌다. 딸이 아파서 유치원에 못 간 날은 딸을 돌보며 재택근무를 했다. 유치원이 휴원한 날은 딸을 사무실로 데리고 와서 내 책상 옆에서 그림을 그리며 놀게 했다. 이렇게 딸과 함께하는 시간이 많아지면서 딸과의 관계가 더욱 친밀해진 것은 두말할 필요가 없었다.

아빠 육아만의 장점과 어려움

얼마 전 딸에게 어렸을 때 아빠랑 같이 지내면서 무엇이 가장 좋았는지 물어봤다. 딸은 조금의 주저함 없이 아빠랑 공놀이를 했을 때가 좋았다고 했다. 엄마는 힘이 약해서 금방 지쳤는데, 아빠는 공도 세게 던지고 자기가 먼저 지칠 때까지 놀아 줘서 좋았다고 했다. 또 아빠랑 손바닥 쳐서 밀어 넘어뜨리기, 씨름, 베개 싸움을 했던 게 기억에 남는다고 했다. 딸은 나와 신체 놀이를 했던 것 외에도 야구 경기장과 농구 경기장에 갔던 것이 기억에 많이 남는다고 했다. 경기장에서 선수들이 뛰는 모습을 직접 보며 경기 규칙을 배웠던 것이 학교에서 체육 시간에 수행평가를 볼 때 도움이 됐다고 했다.

육아 전문가들은 아빠 육아의 장점 중 하나로 신체 발달을 꼽는다. 아무래도 보통 아빠가 엄마보다 힘이 세니, 아이들이 아빠와 몸을 사용하는 놀이를 할 때 근력과 순발력, 지구력이 더 강해지기 때문일 것이다. 실제로 딸은 달리기를 잘해서 초등학교 운동회 때 학급 대표로 계주 경기에 나가 뛰기도 했다. 중학교 구기대회 때는 핸드볼 선수로 뛰기도 했다. 이처럼 딸이 운동을 좋아하고 또 잘하는 데에는 어려서부터 아빠와 신체를 사용한 놀이를 많이 한 덕분이라고 생각한다.

회사에 다닐 때보다는 시간적 여유가 있었지만 사업과 육아를 병행하다 보니 하루하루가 바쁘게 흘러갔다. 아내가 출근하고 나면 딸을 깨워 아침밥을 먹이고 옷을 입힌 다음 머리를 묶어 주었다. 내 딴에는 예쁘게 한 갈래로 묶는다고 묶었는데, 딸이 마음에 들지 않는지 양갈래로 다시 묶어 달라고 떼를 쓸 때면 유치원 셔틀버스를 놓칠까 봐 마음이 조마조마했다. 셔틀버스를 타는 장소에는 주로 엄마들이나 등하원 도우미, 보모들이 나와 있었다. 나는 그들과 매일 아침 마주쳤지만, 아빠는 나 혼자라 어색하기도 하고 딱히 할 말도 없어서 그냥 가볍게 눈인사 정도만 했다.

딸이 유치원에 가면 나는 사무실로 가서 일을 시작했다. 오후에 딸이 유치원에서 돌아올 시간이 될 때쯤 일을 마무리하고 사무실에서 나와 셔틀버스 내리는 곳에 가서 딸을 기다렸다. 딸을 데리고 집에 와서는 딸에게 줄 간식을 만들었다. 토스터에 구운 식빵에 크림치즈를 바르고, 달걀을 노른자가 살짝 흘러나올 정도로 프라이팬에 익힌 다음 빵 사이에 넣었다. 요즘도 가끔 딸에게 토스트를 만들어 주는데, 딸은 아빠가 만든 토스트가 엄마가 만든 것보다 훨씬 더 맛있다고 한다.

저녁에는 시장에서 사 온 재료들로 내 나름대로 영양을 고려해 밥상을 차렸지만, 매일 집에서 저녁을 차려 먹기는 지겨웠다. 그래서 주중에 한 번 정도 딸과 함께 집 근처 식당에서 저녁을 사 먹었다. 단골이 된 식당에서는 주문하지 않은 음식을 서비스로 주기도 했다. 딸과 함께 자주 가던 수제 버거 가게의 점장은 주문한 버거보다 비싼 치킨샐러드를 공짜로 주었고, 회전초밥 식당의 요리사는 언제나 달걀 초밥을 덤으로 주었다. 그런데 한번은 아내가 일찍 퇴근해 온 날 온 가족이 함께 수제 버거 가게에 갔는데, 아내를 처음 본 점장이 깜짝 놀란 표정으로 내게 말했다.

"어머! 아내분이세요? 저는 그동안 아이 엄마가 안 계신 줄 알았어요."

아이가 아빠하고만 식당에 오니, 엄마가 없는 편부모 가정이라고 생각했던 모양이었다.

워라밸, 아직도 먼 나라 이야기

2009년 가을, 아내는 기관지염에 걸려 2주 넘게 병원에 다녔다. 밤에는 고열과 심한 기침으로 잠을 제대로 자지 못했다. 병원에서 처방받은 항생제를 먹어도 차도가 없었다. 과로로 면역력이 저하된 상태였다. 그렇다고 병가나 연차를 쓰고 집에서 며칠 쉴 수 있는 상황도 아니었다. 아내가 직장에서 처리해야 할 일들이 산더미처럼 쌓여 있었기 때문이다. 결국 아내의 기관지염은 폐렴으로 악화하고 말았다.

아내가 다니는 직장은 업무 강도가 세기로 유명한 기업이다. 일이 많을 때는 주말 출근을 해야 하는 경우도 많다. 그러다 보니 매년 과로로 쓰러지는 직원이 나온다. 아내도 폐렴 진단을 받고 대학병원에 입원하는 날까지 회사에 들러 급한 업무를 처리했다. 그리고 병원으로 돌아와 입원 절차를 밟았다. 건강보험이 적용되는 6인실 병실은 자리가 없어 2인실에 입원했다. 그런데 아내의 계속된 기침 소리에 같은 병실에 있었던 다른 환자가 불편한 기색을 보였다. 당시 유행했던 신종 플루로 온 국민이 공포로 떨던 때였기 때문에 그 환자의 불안한 마음을 충분히 이해할 수 있었다. 그래서 경제적으로 부담은 됐지만, 아내는 다음 날 1인실로 병실을 옮겼다.

아내는 일주일간 병실에서 오랜만에 깊은 쉼을 얻었다. 표정은 아픈 사람 같지 않게 매우 밝았다. 잠시나마 고된 업무에서 벗어나 조용히 기도하고 성경을 읽으며 몸과 마음을 재충전하는 시간이 되었다.

예나 지금이나 아내는 야근을 자주 한다. 주 52시간 근무제 시행으로 이전보다 야근 시간이 줄긴 했지만, 그렇다고 '칼퇴근'을 하는 것은 아니다. 딸이 초등학교 때 쓴 일기장에는 다음과 같은 말이 있었다.

엄마, 이제부터 빨리 오세요. 왜냐하면, 엄마도 힘들고 저도 엄마가 보고 싶어서 힘들어요. 엄마가 늦게 오면 저는 마음이 슬퍼요. 엄마가 빨리 오면 저는 기뻐요. 그리고 기분이 좋아져요. 엄마가 중요한 일을 한다는 것은 알지만 그래도 빨리 오세요. 부탁할게요.

딸이 일기장에 쓴 글에서 '엄마'란 단어를 '여보'로 바꾸면 그게 나의 심정이기도 했다. 모르긴 몰라도 대한민국의 많은 직장인이 살인적인 업무 강도에 시달리고 있다. 매년 직장인 건강검진을 할 때마다 유소견이 한두 개씩 늘어난다며 쓴웃음을 짓던 친구 하나는 얼마 전 심근경색으로 쓰러졌다. 우리 사회는 경쟁이 너무 격화돼 있다. 기업들은 시장 경쟁에서 이기기 위해 업무 목표치를 매년 올려 잡고, 그로 인해 직원들의 업무 강도는 날로 강해진다. 그렇다고 내가 시장경제체제가 갖는 우월성을 부인하는 건 아니다. 나는 자본주의 경제체제를 신뢰하며 경쟁을 통한 개인과 조직의 발전, 동기부여, 성취감 등 경쟁의 긍정적인 효과를 인정한다. 다만 경쟁을 이유로 마른 수건 쥐어짜듯이 일을 과도하게 시키는 업무 환경은 이제 좀 바뀌었으면 좋겠다.

북유럽 국가 스웨덴에는 '라곰(Lagom)'이라는 문화가 있다. 라곰은 '너무 많지도, 너무 적지도 않은' 또는 '더 해서도 안 되고, 덜 해서도 안 되는' 적당함을 의미한다. 아직 우리에게 라곰은 먼 나라 이야기다. 그렇더라도 마음 같아서는 전 국민이 이젠 좀 정도껏 뛰자는 '신사협정'이라도 맺었으면 좋겠다. 그래야 워킹맘도 일과 삶의 균형을 이루면서 숨 좀 쉴 수 있지 않을까? 워킹맘이 힘들면 워킹맘 남편도 힘들고 아이들도 힘들다.

내가 아이를 잘 키우고 있는 건가?

저녁을 일찍 먹은 날에는 가끔 카페에 가서 딸과 함께 요거

트를 사 먹곤 했다. 카페에는 저녁 시간임에도 삼삼오오 모여 차를 마시는 엄마들이 있었다. 이들은 아이들을 근처 학원에 보내 놓고 카페에서 기다리는 엄마들이었다. 나는 옆 테이블에 앉아서 그들의 얘기를 한번 들어봤다. 아이를 키우는 엄마들의 이야기를 귀동냥해서 듣다 보면 뭔가 도움이 되는 것이 있겠지 싶었다. 엄마들의 이야기는 주로 학원 정보와 성적, 입시에 관한 것이었다. '수학은 어느 학원에 누가 잘 가르친다더라', '이번에 누가 영재교육원에 합격했다더라', '수학 경시대회에서 누가 상을 탔다더라'라는 식의 이야기가 한참을 오갔다. 그다지 마음에 와 닿는 이야기는 없었다. 다만 한 가지 흥미로웠던 것은 엄마들 사이에서 대화를 주도하는 한 사람이 있었는데, 그녀는 자기 첫째 아이를 과학고에 보낸 경험담으로 자기 말에 신빙성을 더하고 있었다. 내가 보기에 그 자리에서만큼은 그 엄마가 엄마들의 왕이었다.

나는 그 엄마들처럼 학원이나 입시 정보에는 별로 관심이 없었지만, 내 나름대로 고민은 있었다. '내가 아이를 올바른 방향으로 키우고 있는 걸까?', '내가 어렸을 적 누리지 못했던 것을 아이에게 누리게 해 주려고 무리하는 건 아닐까?', '아이를 통해 내가 이루지 못했던 꿈을 이루려는 건 아닐까?' 하는 고민이었다. 아마도 나의 성장 과정이 이런 고민을 하게끔 만든 것 같다. 나는 우리 아버지가 장남인 형을 통해 당신의 꿈을 이루고 싶으셨던 모습을 보고 자랐다. 그래서 나도 내 자녀를 통해 나의 결핍을 채우거나 꿈을 이루려는 것은 아닌지 돌아보게 된다.

평양이 고향이신 아버지는 6.25 한국전쟁 때 가족들과 함께 부산으로 피난을 오셨다. 할아버지는 휴전협정 이듬해 돌아가셨고, 할머니는 홀로 자식들을 먹여 살리기 위해 부산 국제시장에서 새벽에 과자를 떼 와 장사하셨다. 아버지는 부산에서 꽤 유명한 고등학교에 다니셨지만, 가난 때문에 공부만 하실 수 없었다. 수업이 끝나면 시장으로 달려가 할머니를 도와드렸고, 여름엔 목에 상자를 매고 '아이스께끼'를 팔러 다니셨다. 실향민으로 생활고에 시달리셨던 아버지였지만 높은 학구열로 결국 대학교에 들어가셨다. 하지만 학창시절 하고 싶은 공부를 마음껏 못하신 것이 한이 되었다. 그래서인지 아버지는 형이 읽고 싶어 하는 책이라면 청계천의 헌책방을 뒤져서라도 구해 주셨다. 이과생이었던 형이 수학 과외를 받고 싶다고 했을 때 아버지는 공대에 다니는 대학생에게 과외를 받게 했다. 결국, 형은 아버지가 이루지 못한 서울대 입학의 꿈을 이루어 드렸다. 나는 형이 서울대 합격했을 때 손뼉을 치며 함박웃음을 지으셨던 아버지의 모습이 지금도 생생히 기억난다.

나는 아내도 위와 같이 나와 비슷한 고민을 하는지 궁금했다. 하루는 아내한테 그동안 딸을 키우면서 어떤 고민이 있었는지 물어봤다. 아내는 나와 같은 고민은 하지 않았다고 했다. 다만 모유 수유를 할 때 '젖이 충분히 나오지 않아서 아이가 배고프면 어쩌나?' 하는 게 가장 큰 고민이었다고 했다. 모성애는 정말 범접할 수 없는 사랑인 것 같다.

03

전업주부
아빠의 일상

사업 실패로 마음의 병이 오다

사업을 시작한 후 3년 동안은 회사가 예상한 것보다 빠른
속도로 성장했다. 신생기업 같지 않게 창업한 다음 달부터 기
업과 학교에서 교육 요청이 들어왔다. 우리와 함께 교육 프로
그램을 진행하고 싶어 하는 업체들의 문의도 여기저기서 들
어왔다. 온라인 교육콘텐츠를 제작하는 기업과 함께 직무 역
량 관련 교육 과정을 기획했고, 스튜디오에서 십여 차례 온라
인 강의를 촬영했다. 중견 기업의 신입사원 연수교육과 임원
교육을 맡기도 했다. 또 일간지와 대기업 사보에 글을 기고하

면서 유수의 기업에서 특강을 하는 횟수도 늘어났다.

그뿐만 아니라 당시 교육 강사들과 함께 저술했던 리더십에 관한 책이 언론에 소개되면서 기업은 물론 협회, 교회 등 비영리단체에서도 강연 요청이 끊이지 않고 들어왔다. 라디오와 케이블 방송에 출연해 인터뷰와 대담을 하기도 했다. 그때에는 내가 교육 사업가로 성공 가도를 달리는 듯한 기분이 들었다. 무엇보다 5천 명이 넘는 직장인들과 대학생들을 교육하면서 꿈을 실현해 가는 기쁨을 맛보았다.

그런데 생각지 못했던 곳에서 위기가 찾아왔다. 우리 회사 매출의 상당 부분을 차지했던 몇몇 기업 고객들이 내부 사정으로 교육훈련비를 대폭 줄이게 되어 더 이상 우리와 교육을 진행하지 못하게 되었다. 기업 교육 매출 급감으로 회사는 직격탄을 맞았다. 그나마 대학교에서 강연 요청이 꾸준히 들어왔지만 기업 고객 없이 대학생들을 대상으로 한 교육만으로는 회사의 고정비조차 감당하기 버거웠다. 교육하면 할수록 손해가 나는 적자 구조가 된 것이다.

회사가 이 지경까지 오게 된 데에는 내 책임이 가장 컸다. 나는 교육콘텐츠 개발과 강연에만 몰두했지 신규 고객을 확보하기 위한 영업을 게을리했다. 기업의 교육 담당자들과 좋은 관계를 쌓기 위한 노력을 하지 않았다. 우리 회사에 교육 프로그램을 맡겼던 기업 대부분이 이듬해에도 우리 회사에 교육을 맡기는 경우가 많아 영업의 필요성을 느끼지 못했던 것이었다. 지금 생각하면 사업가로서 정말 안일한 태도가 아닐 수 없다.

회사 자본금이 잠식되면서 마음이 초조해졌다. 나는 더 늦기 전에 어떤 결정이든 내려야만 했다. 외부에서 투자를 받던가, 우리 집 마이너스통장에서 돈을 빼내 회사 자본금으로 넣든가, 폐업하든가 결정해야 했다. 결국, 이런저런 고민 끝에 난 세무서에 가서 폐업 신고를 했다. 그날의 괴로움은 지금도 잊히지 않는다.

폐업을 결정하기까지 한 달 넘게 불면증에 시달렸다. 마치 깊은 바닷속으로 감정이 끝없이 가라앉는 듯한 무기력한 느낌이었다. 그리고 그러한 감정은 몇 주가 지나도 회복되지 않았다.

그러던 어느 날 밤이었다. 침대에 누워 아내에게 앞날에 대한 불안과 답답함을 격정적으로 토로하던 중 갑자기 숨이 쉬어지지 않았다. 질식할 것 같은 느낌이 들었다. 마치 죽음의 문턱에 서 있는 듯한 극도의 두려움이 온몸을 휘감았다. 심장이 급하게 뛰면서 몸이 부들부들 떨렸다. 내가 완전히 딴 세상에 있는 것 같은 혼란과 혼돈, 어지러움이 느껴졌다. 겪어보지 못한 사람은 도저히 상상할 수 없는 그런 공포였다. 이런 내 모습을 처음 본 아내는 깜짝 놀라 내 손을 붙들었다. 그렇게 극한의 두려움을 느끼며 십 분 정도 지나자 숨이 조금씩 쉬어졌다. 마음도 점점 안정되기 시작했다. 태어나서 처음 느낀 초현실적인 공포였다. 그날 나는 불안함 속에서 뜬 눈으로 날밤을 새웠다.

다음 날 정신과 전문의인 친구한테 전화해서 어젯밤 내가 겪은 일에 관해 물어보았다. 친구는 내가 공황발작을 일으킨 것 같다고 했다. 일시적일 수 있으니 너무 걱정하지 않아도 되지만 그래도 병원에 들러 보길 권유했다. 그러나 나는 그날 이후 3일 동안 집 밖으로 나가지 못했다. 밖에 돌아다니다가 사람들이 많은 곳에서 다시 그런 죽음의 공포가 갑자기 찾아올까 봐 두려웠다. 정말이지 더는 느끼고 싶지 않은 공포였다. 그렇게 3일이 지난 후, 내가 이제는 괜찮은지 스스로 한번 테스트를 해보았다. 지하철을 타고 몇 시간 동안 왔다 갔다 했다. 다행스럽게도 아무 일도 없었다. 그렇지만 우울한 감정은 쉽게 회복되지 않았고, 병원에서 경도 우울성 에피소드라는 진단을 받았다.

폐업 후 바뀐 일상생활

나는 회사를 폐업한 후 당분간은 재취업을 하고 싶지 않았다. 지친 몸과 마음을 추스르고 싶었다. 그러나 나의 앞날에 걱정이 많으셨던 어머니와 장모님은 직장을 알아보기 원하셨다. 어디서 그런 정보를 얻으셨는지 모 공기업에서 교육 분야 과·차장급 경력직을 모집한다며 지원해 보라고 하셨다. 내 마음 상태를 아셨다면 권유하지 않으셨겠지만, 나는 부모님들께 심려를 끼쳐드리고 싶지 않아서, 부모님 말씀에 순종하는 시늉이라도 하려고 입사지원서를 제출했다. 자기소개서를 열심히 쓰지 않았기 때문에 서류전형에서 탈락할 줄 알았다.

그런데 며칠 후 그 공기업에서 면접을 보러 오라고 연락이 왔다. 서류전형에 합격한 것이 기쁘긴커녕 오히려 심란했다. 만에 하나 최종 합격을 하면 안 갈 수도 없고, 또 가게 된다면 몸과 마음이 지금보다 열 배는 더 힘들 것 같았다. 결국, 양가 어머니들께는 서류에서 탈락했다고 거짓말을 하고 면접을 보러 가지 않았다.

이렇게 재취업을 포기하고 있던 차에 코스닥에 상장된 한 교육서비스 업체에서 강의 요청이 들어왔다. 일주일에 네 시간 정도 강의하는 것이어서 마음에 큰 부담은 없었다. 내 회사가 아닌 다른 회사의 강사로 강의하는 것이 어색했지만, 나를 믿고 강의를 맡긴 업체에 조금이라도 피해를 주면 안 된다는 일념으로 그 어느 때보다도 더 열심히 강의했다. 그동안 강의 후 목이 쉰 적은 있었지만, 목에서 실핏줄이 터져 피가 나온 것은 그때가 처음이었다.

강의가 없던 날에는 집에서 노는 모습을 딸에게 보여 주기 싫었다. 딸이 아침에 등교할 때 나도 노트북을 들고 집을 나섰다. 그리고 집에서 좀 멀리 떨어진 커피숍으로 갔다. 옷은 강의할 때처럼 양복을 입지는 않았지만, 노는 사람 느낌이 안 나게 깔끔하게 입고 다녔다. 커피숍에 가서는 구석진 자리에 앉아 그동안 파워포인트로 강의했던 자료들을 글로 정리했다. 무어라도 해야 나 자신이 덜 무능하고 덜 한심하게 느껴질 것 같았다.

그런데 커피숍에서 오랜 시간 앉아 있으니, 누가 뭐라고 하지 않았는데도 괜스레 눈치가 보였다. 며칠 후부터는 오전에 한 곳, 오후에 한 곳, 이렇게 커피숍 두 곳에 가서 글을 쓰며 시간을 보냈다. 오전에 간 커피숍에서는 커피 한 잔을 사서 마셨고, 오후에 간 커피숍에서는 점심 대용으로 우유와 베이글을 사 먹었다. 하루에 만 원 이상은 쓰지 않기로 다짐했기 때문에 입맛을 당기는 조각 케이크는 슬쩍 쳐다만 봤다.

그리고 두 달 넘게 매일 같은 커피숍에 가다 보니, 오후에 갔던 커피숍 점원은 날 알아보는 눈치였다. 어느 날은 내가 주문하지도 않은 샌드위치를 접시에 담아 주는 것이었다.

"이번에 저희 매장에서 새로 만든 샌드위치인데 한번 시식해 보세요."

점원이 준 샌드위치는 이전에도 진열대에서 봤던 샌드위치였다. 매일 우유랑 베이글만 먹는 내가 민망해할까 봐 선의의 거짓말을 한 것이었다. 사실 난 샌드위치가 베이글보다 비싸서 사 먹지 않았던 게 아니었다. 샌드위치 속에 든 햄이 싫어서 안 사 먹었던 것이었다. 그래도 그날은 점원이 준 샌드위치를 맛있게 먹었다. 샌드위치를 먹으면서 이런 따뜻한 위로를 받기는 처음이었다.

육아에 더욱 마음을 쏟다

커피숍에서 하루 종일 시간을 보내던 때, 사업을 재개할 날이 올 것이라고 스스로 위안을 해보았다. 그런데도 자신감이 많이 떨어졌고 부정적인 마음을 쉽게 떨쳐 내지 못했다. 다만 초등학생이 된 딸을 돌보는 일은 이전과 마찬가지로 최선을 다했다. 딸과 더 열심히 놀아 주었다. 그렇게 하는 게 가족의 생계를 위해 직장에서 일하고 있는 아내에 대한 도리라고 생각했다. 아무래도 워킹맘인 아내는 전업주부인 엄마들과 비교하면 아이와 함께 있는 시간이 부족했다. 게다가 아내는 직장 일로 많이 바쁘다 보니 평소 연락을 주고받는 딸 친구 엄마들도 거의 없었다. 일반적으로 초등학교 저학년 아이들의 친구 관계는 엄마들끼리의 관계에 영향을 받는다. 아내처럼 엄마들의 세계에 끼지 못한 워킹맘의 아이들은 친구들과 방과 후 활동을 같이하거나 생일파티에 초대받을 기회가 많지 않다. 이 때문에 아이가 초등학교에 갈 때쯤 직장을 그만두는 워킹맘들도 있다. 다행히 딸은 외향적이고 활달한 성격이라서 그와 상관없이 친하게 지내는 친구들이 많았다. 어떤 엄마는 담임선생님을 통해 아내의 연락처를 알아낸 후 아내에게 전화해서는 우리 딸을 자기 아이와 같이 수영장에 데려가도 되겠냐고 물어보기도 했다.

나는 딸이 학교에서 방과 후 수업을 듣고 집에 올 때쯤 되면 커피숍을 나와 집으로 돌아왔다. 그리고 딸에게 줄 간식을 준비했다. 딸이 집에 돌아와 간식을 먹는 동안 나는 옆에 앉아서 학교에서 있었던 일들을 물어보았다. 어떤 일이 있었는지 매번 궁금해서 물어보았던 건 아니다. 그렇게 해야 딸과 더 많은 대화를 나눌 수 있고, 그러면서 딸의 생각과 감정을 더 깊이 이해할 수 있었기 때문이었다.

딸이 간식을 먹고 나면 거실에서 피구 놀이를 했다. 피구는 딸이 가장 좋아하는 놀이였다. 거실 한가운데에 식탁 의자들을 가지런히 놓아 진영을 나눈 후, 탱탱볼을 던져 상대방의 몸을 세 번 먼저 맞춘 사람이 이기는 우리만의 놀이였다.

피구 놀이가 지겨워질 때쯤이면 침대에 올라가 씨름 놀이를 했다. 딸의 눈에는 골리앗처럼 거대한 아빠였지만, 딸이 나를 이기려고 최선을 다한다는 느낌이 들 때는 일부러 넘어져 져 주었다. 그러면 딸은 아빠를 이겼다는 사실에 흥분해서는 퇴근하고 돌아온 아내에게도 씨름하자고 졸랐다. 퇴근 후 피곤한 아내는 나처럼 딸을 힘껏 상대해 주지 못했다. 그러면 딸은 엄마보다 힘이 센 내게 다시 도전장을 내밀었다. 아내는 내가 다리걸기나 들배지기로 딸을 무자비하게 넘어뜨리는 모습을 보며 기겁한 적도 있었다. 딸이 넘어지면서 팔이나 다리가 부러질까 봐 겁을 먹고 놀랐다.

아내가 주로 딸을 꼭 껴안아 주거나 뽀뽀를 해 주는 등 보드랍고 따뜻한 애정을 표현했다면, 나는 놀이를 통해 활기 넘치는 애정을 표현했다. 그때를 돌아보면 초등학생인 딸과 놀이

를 통해 자연스럽게 스킨십을 했던 것이 부녀지간의 애착을
형성하고 유대감을 강화하는 데 많은 도움이 됐다.

자녀 교육은 자신과의 싸움

이처럼 딸은 낮에 나와 놀고 나서 숙제를 했고, 나는 그동
안 저녁 준비를 했다. 가끔 딸이 숙제를 도와달라고 할 때가
있었다. 그러면 나는 숙제가 무엇인지 보고 나서 도와줄지 말
지를 결정했다. 예컨대 색종이를 오려서 도화지에 붙이는 숙
제를 할 때는 옆에서 가위질을 도와주었다. 줄넘기 숙제를 할
때는 양발 모아 뛰는 횟수와 번갈아 뛰는 횟수를 대신 세어
주고 기록해 주었다. 반면 자기 생각을 쓰는 일기나 감상문은
도와주지 않았다.

주변에 보면 초등학교 저학년 숙제는 곧 부모 숙제라며 자
녀의 감상문이나 독후감을 대신 써 주는 부모들이 있다. 학원
선생님께 부탁해서 아이의 글짓기를 해결하는 부모들도 있
다. 학부모 입장에서 그들의 심정이 이해되지 않는 것은 아니
다. 나도 딸이 정부 기관에서 주관한 글짓기 대회에 참가하
겠다고 했을 때 도와주고 싶은 마음이 굴뚝같았다. 이왕 참
가하는 것 상까지 타게 하고 싶었다. '글의 개요만이라도 잡
아 줄까?' 하는 유혹을 느꼈다. 딸이 교내 독서 논술대회에 참
가했을 때도 마찬가지였다. 논술대회 도서는 카롤린 필립스
(Carolin Philipps)의 《커피우유와 소보로빵》이었다. 내가 먼저

책을 읽어 보니 어떤 논제가 출제될지 대략 짐작할 수 있었다. 자기 나름의 논지를 어떤 식으로 서술해야 수상할 수 있을지 알 것도 같았다. 이때도 딸을 도와줄까 말까 종일 고민했다.

하지만 유혹을 꾹꾹 눌러 참고 예상 답안을 만들어 주지 않았다. 글의 개요도 짜주지 않았다. 내가 이렇게 고민을 하면서도 딸을 도와주지 않았던 건, 딸을 돕고 싶은 마음속에 어떤 욕구가 자리하고 있는지 스스로 잘 알고 있었기 때문이다. 아이를 도와주고 싶은 마음 이면에는 내 자녀가 남과의 경쟁에서 이기게 하고 싶은 욕구가 있는 것이다. 누구나 부모의 이런 욕구가 자녀의 인성과 인생에 부정적인 영향을 미친다는 것을 잘 안다. 그렇지만 막상 내 자녀가 남과 경쟁하는 상황에 놓이니, 반드시 경쟁에서 이기게 하고 싶은 욕구가 꿈틀거리는 것을 참기가 쉽지는 않았다.

돌아보건대 나는 학창시절 내가 남보다 얼마나 잘하는지 늘 비교하고 경쟁하며 공부해 왔다. 경쟁 자체가 나쁜 것은 아니다. 하지만 경쟁의 대상이 남이 아닌 나 자신이었으면 더 좋았을 것이라는 아쉬움이 남아 있다. '어제보다 더 나은 내가 되는 것'에 만족감을 느끼며 살았다면 훨씬 더 건강한 자존감을 가질 수 있었을 것이라는 아쉬움이다.

나는 딸에게 상을 타는 것보다 자신과의 경쟁이 더 큰 의미가 있음을 말해 주었다. 그리고 잘할 수 있을 거라고 격려만

해주고 딸의 방을 나왔다. 결과적으로 딸은 자신의 노력으로 글짓기 대회에서 장려상을 받았고, 논술대회에서 동상을 받았다. 내가 만약 상을 받는 것에 눈이 어두워져서 딸을 도와줬었다면, 딸과 나의 마음에는 떳떳한 성취감이 아닌 숨기고 싶은 부끄러움만 남았을 것이다. 자녀 교육이야말로 나 자신과 싸움임을 절실히 느낀다.

PART
3

미국에서 찾은
육아의 지혜

부모가 자녀와 함께
시간을 보내는 것은 중요하다.

그런데 그보다 더 중요한 것은 그 시간을 어느 곳에서 무엇을 하며 어떻게 보내느냐는 것이다. 아이들은 여행을 통해 설렘, 즐거움, 기쁨과 같은 긍정적인 정서를 많이 경험할 수 있다. 가족 간의 정서적 유대감을 높일 수 있는 여행이야말로 어떤 사교육보다 훨씬 가치가 큰 투자인 것이다.

01

아내,
MBA를 가다

미국 연수 대상자가 된 아내

2012년 8월의 어느 날, 여느 때와 같이 커피숍에서 글을 쓰고 있었다. 그런데 웬일로 낮에 아내에게서 전화가 왔다. 휴대전화 너머로 들려온 아내의 목소리는 무척 상기되어 있었다.

"여보, 나 미국 학술연수 대상자로 선정됐어요!"

아내가 다니는 직장에서는 매년 소수의 직원을 선발해 미국, 영국, 캐나다, 호주 등 해외 대학원으로 학술연수를 보낸다. 고된 일에서 벗어나 2년 동안 해외에서 연수를 받을 수 있는 기회이기 때문에 경쟁률은 매우 치열하다. 업무 성과뿐만 아니라 동료 평가가 좋고, 담당 임원의 추천 순위가 높아야 선정될 수 있다. 직장에서 언제나 성실하게 일하며 직원들 사이에서 평판이 좋았던 아내는 미국 경영학석사(MBA) 과정 대상자로 선정됐다. 정말 우리 가족에게 말로 표현할 수 없을 정도로 큰 기쁨이었다.

사실 아내의 학술연수는 사업에 실패한 내게 심리적 도피처와 같았다. 나 자신에게 '아내 혼자 미국에 갈 수는 없으니까, 어차피 사업은 접을 수밖에 없었을 거야.'라는 핑곗거리가 생겼기 때문이었다. 또 최소한 미국에서 사는 2년 동안은 사업 재기나 재취업의 부담감을 내려놓을 수 있었다.

다만 미국 학술연수 대상자로 선정된 아내의 일과는 이전보다 훨씬 더 바빠졌다. 연수 대상자가 되었더라도 US뉴스앤월드리포트(US News & World Report)가 발표하는 미국 경영대학원 상위 30위 이내 학교에서 입학 허가를 받아야만 실제로 연수를 떠날 수 있었다. 그러려면 IBT 토플 점수가 100점은 넘어야 했고, GMAT 점수도 높아야 했다. 퇴근 후 틈틈이 공부해서 시험을 치러야 하는 아내에게 쉽지 않은 일이었다. 아내는 주중엔 자정 넘게 토플과 GMAT 문제집을 풀며 시험을 준비했다. 주말엔 어학원에 가서 특강을 들었다.

그렇게 아내는 일과 육아, 학업까지 병행하면서 몇 차례 시험을 치른 끝에 목표로 하던 점수를 받았다. 미국 경영대학원 여덟 곳에 입학 지원서를 냈고, 세 개 경영대학원으로부터 입학 허가를 받았다. 우리는 그중에서 미국 남부에 있는 한 경영대학원으로 가기로 했다.

사실 아내는 입학 허가를 받은 세 곳의 경영대학원 중에서 US뉴스앤월드리포트 순위가 더 높은 경영대학원으로 가고 싶어 했다. 아내뿐만 아니라 누구라도 유학을 준비하는 사람들이라면 마찬가지일 것이다. 그런데 인터넷으로 검색해 보니, 다른 두 곳 경영대학원에는 한국인 유학생이 너무 많았다. 또 그곳에서 재학 중인 유학생 한 명이 아내에게 보낸 축하 이메일을 보니, 한국인 유학생들은 대부분 같은 동네에 있는 아파트에서 살고 있다고 했다. 그뿐만 아니라 유학생 아내들은 아이들을 아침에 유치원이나 초등학교에 보낸 후 같이 커피도 마시고 운동도 하면서 친하게 지낸다고 했다.

나는 이메일을 읽은 후 더 큰 고민에 빠졌다. 유학생 중에는 여성들도 있었지만 모두 미혼이었고, 가족이 같이 온 경우는 대부분 유학생인 남편을 따라온 것이었지 우리 가족처럼 아내를 따라온 경우는 없었다. 나는 타지에서 지내며 유학생 남편의 아내들 사이에서 어색함을 느끼고 싶지 않았다. 하지만 결과적으로 아내가 공부했던 경영대학원에도 유학생 가정 중 아내가 공부하고 남편이 외조한 가정은 우리밖에 없었다. 그곳에서 사는 동안 한인교회를 다녔었는데, 함께 소그룹 모임을 했던 분들 이외의 다른 교인들은 우리가 귀국할 때까지도 아내가 아닌 내가 유학을 한 줄 아셨다. 교회 담임목사님 말씀으로는 지금까지 교회에 출석했던 유학생 중에 우리 가정 같은 사례는 없었다고 하셨다.

또한, 그 이메일에는 유학생 자녀들이 다니는 미국 초등학교에 한국 학생이 한 반에 3~4명씩 있다는 내용도 쓰여 있었다. 같은 반에 한국 학생들이 있으면 아이가 미국 학교에 적응하는 데 큰 도움이 될 거라고 했다. 그러나 난 딸이 미국 학교에서 한국 친구에게 지나치게 의존할 경우 나타날 부작용을 생각해 보았다. 학교에서 한국말을 하는 것이 편해서 한국 아이들끼리만 어울려 다니면, 오히려 미국 문화와 학교 시스템에 적응하지 못할 것 같았다. 결국, 난 아내에게 한국인 유학생이 가장 적은 남부의 전원도시로 가는 것이 어떻겠냐고 제안했다.

유학생 남편을 둔 아내들의 생활 패턴

하루는 아내가 미국으로 MBA를 간다는 소식을 들은 형이 전화했다. 형도 아내처럼 회사의 지원으로 가족들을 데리고 미국에 가서 연수를 받고 왔었다. 형은 자신의 미국 생활 경험을 이야기하면서 유학생의 아내들이 어떻게 지내는지도 말해 주었다. 형의 말에 의하면, 유학생의 아내들은 크게 세 가지 유형으로 나뉘었다.

첫 번째 유형은 어린 자녀를 둔 유학생 아내들이다. 이들은 같은 동네에 사는 한국인 엄마들과 친하게 지내며, 아이들의 뒷바라지를 하느라 한국에서만큼 바쁘다. 아이들이 유치원이나 초등학교에서 돌아오면 스포츠 클럽 활동과 음악 개인지도 등을 시키며 정신없이 하루를 보낸다.

두 번째 유형은 자녀가 없고 영어를 잘하는 아내들이다. 이들은 오전에 피트니스센터에 가서 미국인들과 같이 요가나 필라테스를 한다. 오후에는 쇼핑몰에 가서 쇼핑하며 욜로족처럼 미국 생활을 즐긴다. 도서관이나 미술관에서 자원봉사 활동을 하며 미국인 친구들을 사귀는 아내들도 있다.

세 번째 유형은 자녀가 없고 영어가 서툰 아내들이다. 이들은 자녀가 없어서 한국인 엄마들과 교류가 적다. 미국인 이웃들과는 언어 장벽 때문에 친하게 지내지 못한다. 낮에 월마트나 코스트코에 가서 장을 보고 가끔 운동도 하지만, 남편이 집에 올 때까지 집에 있는 시간이 많다. 이들은 가족도 친구도 없는 낯선 땅에서 외롭게 지내다가 정신적으로 힘든 시간을 보내기도 한다고 했다.

형의 말을 듣고 보니 실제로 그런 것 같았다. 오래전 미국 동부의 한 사립대학에서 유학한 친구가 있었는데, 그의 아내가 답답함과 외로움을 견디다 못해 한국으로 혼자 돌아가 버렸다.

지금 와서 미국에서 살던 때를 생각해 보니, 나는 이 세 가지 유형의 혼합이었다. 어린 자녀를 둔 아빠였지만 가깝게 지낸 한국인 엄마들은 없었다. 왜냐하면 우리 동네에는 한국인 가정이 없었기 때문이다. 한인 마트나 한인교회를 가야 한국인들을 만날 수 있었다. 아내가 다니는 경영대학원의 유학생의 아내들은 우리 집에서 차로 30분 떨어진 동네에 모여 살고 있었다. 유학생 가족 모임을 할 때 말고는 마주칠 일이 없었다. 사실 이것은 내가 원했던 것이기도 했다. 나는 아내와 딸이 학교에 가 있는 오전에는 주로 집에서 청소와 빨래를 했다. 점심을 먹은 후에는 YMCA에 가서 운동을 하거나 도서관에 가서 책을 빌려왔다. 가끔 딸이 다니는 초등학교에서 학부모 봉사활동을 하거나 참관 수업을 할 때 미국인 학부모들과 대화를 나눌 기회가 있었다. 그들 중에는 한국의 교육 시스템을 궁금해하며 내게 이런저런 질문을 던진 이들도 있었다.

　물론 그 당시 낮에 점심을 같이 먹거나 대화를 나눌 친구가 없어서 외롭고 답답할 때도 있었다. 하지만 한국에 있을 때처럼 주위의 시선이 신경 쓰이지도 않았고 직장을 구해야 한다는 압박감에서도 자유로웠기 때문에 마음은 한결 편했다.

학자가 되고 싶었던 아내

　아내는 대학교에 입학하기 전부터 학자가 되고 싶은 꿈이 있었다. 그 꿈을 이루기 위해 대학교 1학년 때부터 차근차근 유학을 준비했다. 한국고등교육재단의 대학 특별 장학생 시험에 합격해 졸업할 때까지 장학금을 받았다. 재단에서 시행하는 영어와 전공과목 연수도 받았다. 먼저 미국으로 유학하러 간 친언니는 아내의 꿈을 적극적으로 응원하고 있었다. 이런 여건에도 불구하고 아내는 결국 유학을 가지 않았다. 나 때문이었다. 내가 대학교 3학년을 마치고 군대에 간 후, 아내는 유학을 포기하고 국내 대학원에 입학했다.

나는 아내에 대한 마음의 빚이 몇 가지가 있는데, 그중 하나가 대학교 때 아내와 사귀면서 학자가 되고자 했던 아내의 꿈을 지원해 주지 못했던 것이다. 아내가 만약 나를 만나지 않았더라면, 지금쯤 경영학 교수나 경제학 교수가 돼서 학생들을 가르치고 있었을지도 모른다. 이런 미안함 때문인지 나는 아내가 회사에서 미국 MBA 연수 대상자로 선정됐을 때 아내보다 내가 더 기뻤다. 비록 학자가 되기 위한 박사과정은 아니었지만 말이다.

아내는 집중력과 암기력이 뛰어나고 공부를 워낙 좋아해서 늘 학업 성적이 좋았고, 그 결과 대학을 수석으로 졸업했다. 학위수여식 때는 전체 졸업생 대표로 답사를 했다. 미국에서 MBA 공부를 할 때도 아내는 재무학 두 과목 시험에서 1등을 했다. 영어가 서툴렀음에도 아내는 미국인 교수 두 명에게 수업 조교(Teaching Assistance)를 제안받기도 했다. 좋은 기회이긴 했지만, 아내는 미국에서 조금이라도 더 딸과 시간을 보내고 싶어서 조교 제안을 모두 거절했다.

아내는 '학술연수가 끝난 뒤 연수 기간의 두 배에 상당하는 기간 이상을 근무하지 않고 퇴직할 경우 연수비를 모두 반환

한다.'라는 서약서를 쓰고 미국에 왔다. 연수비를 모두 반환해도 지장이 없을 만한 재산이 내게 있었더라면, 나는 아내에게 퇴사하고 박사과정에 진학하라고 권유했을 것이다.

아내와 달리 나는 공부하는 것을 그렇게 좋아하지 않았다. 특히 전공과목 중에서 재무와 회계 관련 과목은 흥미를 느끼지 못했다. 그래도 어떻게든 학점은 잘 받아 보고자 재수강도 하고 방학 때는 종로에 있는 회계 학원도 다녔다. 실제로 경영학을 전공하는 학생들은 대학 다닐 때 공인회계사 자격증을 따려고 회계 학원을 많이 다녔다. 그러나 나는 회계 학원 수업이 지겨워서 두 번째 수업 만에 그만두었다. 일찌감치 회계사 자격증 따는 것을 접은 것이었다. 그런데 첫 직장에서 신입사원 연수 후 발령받은 부서가 재무팀이었다. 취업 준비를 할 때도 재무와 관련된 일은 하고 싶지 않아서 금융권 기업은 쳐다보지도 않았는데 재무팀으로 발령을 받은 것이었다. 나중에 부서를 옮기기는 했지만, 직장생활의 첫 단추가 잘못 끼워졌다.

내가 대학교 다닐 때 아내보다 잘했던 과목은 교양과목인 〈논리학〉과 〈국어 작문〉이었다. 한번은 국어 작문 수업 시간에 교수님께서 칠판에 주제를 적으신 후 모두 그 주제에 대해 시를 써 보라고 하셨다. 그리고 수업 끝나기 전 대여섯 명의 학생들을 호명해 작문한 시를 발표시키셨다. 나도 그때 발표한 학생 중 한 명이었다. 교수님께서는 내가 쓴 시를 들으신 후 나보고 더는 수업에 들어오지 않아도 된다고 하셨다. 학점을 A+를 줄 테니 기말고사도 보지 않아도 좋다고까지 하셨다. 아무래도 나는 전공을 잘못 선택했던 것 같다. 나중에 이 책을 읽게 될 딸에게 하고 싶은 말을 여기에 짧게 남기겠다.

"아빠가 엄마보다는 성적이 좋지 않았지만, 그렇다고 공부를 못했던 건 아니란다."

출국을 앞둔 어느 날

출국 4개월 전부터 본격적으로 미국에 갈 준비를 했다. 아내가 다닐 경영대학원에서 입학허가서를 발급받은 후 주한 미국 대사관에 가서 비자 인터뷰를 했다. 인터뷰할 때 영사의 질문을 잘 못 알아듣고 엉뚱하게 대답하면 어떡하나 걱정했었는데 괜한 걱정이었다. 영사는 배우자인 나에게는 아무런 질문도 하지 않았다. 비자를 발급받은 후 항공편을 예약하고 미국에 가져갈 짐들을 정리했다. 미국에서 살 집과 타고 다닐 자동차는 아내가 다닐 대학원에서 교수 생활을 하셨던 한 교수님이 알아봐 주셨다. 집과 차는 신경 쓰지 않아도 됐기 때문에 출국 준비가 한결 수월했다. 출국 전까지 몇 가지 행정적인 일들만 처리하면 되었다. 나는 우선 경찰서에 가서 국제운전면허증과 영문 운전경력증명서를 신청했다. 국제운전면허증은 미국에서 운전면허를 따기 전까지 운전하는 데 필요했다. 영문 운전경력증명서는 미국에서 자동차보험에 가입할 때 혹시나 할인을 받을 수 있을까 싶어서 발급받았다. 그리고 보건소에 가서 딸이 미국 초등학교에 입학할 때 필요한 영문 예방접종 증명서를 떼 왔다. 또 미국에 있는 동안 아내의 급여 통장에서 생활비를 미국으로 송금하기 위해 외환 통장을 개설했다.

이렇게 출국 준비를 마친 후, 마지막으로 딸이 만나게 될 미국 친구들에게 줄 선물을 준비했다. 문화적인 차이로 인해 미국 아이들과 갈등이 생길지도 모른다는 생각에 딸을 잘 봐 달라는 아부 성격이 짙은 선물이었다. 선물은 한국 전통 문양 책갈피였는데, 문양에 대한 영어 설명서가 첨부되어 있어서 아이들에게 한국 전통 문화를 알릴 좋은 기회가 될 것 같았다.

출국을 며칠 앞둔 어느 날이었다. 2년간의 연수 기간 동안 회사에서 월급과 체재비는 나왔지만, 학비는 45퍼센트만 지원해 주었기 때문에 나머지 수천만 원의 학비는 우리가 부담해야 했다. 그런데 아버지께서 아내 대학원 등록금에 보태라며 은행 계좌로 돈을 보내신 것이다. 부모님은 연금 이외에는 다른 소득이 없으셨고 생활이 늘 빠듯하시다는 것을 알았기 때문에 한없이 죄송스러웠다.

인터넷뱅킹으로 입금 내역을 확인한 순간 마음이 울컥했다. 아버지가 보내 주신 돈의 액수는 오래전 내가 어머니의 치아 임플란트를 7개 해드린 비용과 같았다. 그 당시 어머니는 딸을 돌봐 주고 계셨는데, 치통이 심해서 음식을 제대로 씹지 못하셨다. 어머니는 치과에서 뼈 이식 후 임플란트를 해야 한다는 진단을 받으신 후 더는 치과에 안 가셨다. 돈도 돈이지만 6개월 이상 치과에 다니면 손주를 돌보는 데 지장이 생긴다고 생각하셨던 것이다. 어머니는 그냥 나중에 남은 치아에 걸어 사용하는 틀니를 하기로 마음먹으셨다. 나중에 이 사실을 안 나는 어머니를 치과에 억지로 모시고 가서 임플란트를 해 드렸다. 치과 원장에게는 임플란트 비용을 어머니께 비밀로 해달라고 부탁했다. 그런데 병원의 누군가가 어머니께 그 비용을 알려드렸던 모양이다. 자식들에게 조금의 신세도 지기 싫어하셨던 부모님은 임플란트 비용을 내게 돌려주실 날을 기다리고 계셨던 것이다.

예전에 한 신문에 칼럼을 연재한 적이 있다. 마지막 회 칼럼을 쓰면서 어떻게 글을 마무리하면 좋을지 고민을 했다. 그때 오랫동안 손주를 돌봐 주시며 당신의 몸은 돌보지 않으셨던 아버지 어머니의 모습이 떠올랐다. 그래서 칼럼 마지막에 리더로서 최고의 모델은 부모님이라고 썼다. 부모처럼 '나는 망하더라도 너는 성공시키겠다'는 심정을 지닌 리더가 있다면 그 사람이야말로 최고의 리더라면서 말이다.

02

좌충우돌
미국 체류기

공립 초등학교 입학시키기

2013년 7월, 드디어 우리 세 가족은 미국에 도착했다. 아내는 시차에 적응할 겨를도 없이 유학생 오리엔테이션에 참석하기 위해 학교에 다니기 시작했다. 그사이 나는 딸을 데리고 미국 공립 초등학교 입학에 필요한 서류들을 발급받으러 낯선 도시를 이리저리 돌아다녔다. 미국에서는 어린아이를 집이든 자동차이든 혼자 남겨 두어서는 안 된다. 보호자가 항상 아이와 함께 있어야 한다. 그렇지 않으면 아동학대나 아동방임 혐의로 처벌을 받는다. 미국의 아동보호 법이 이처럼 강력하다 보니, 미국에 도착한 날부터 딸과 함께 지내는 시간은 이전과 비교할 수 없을 정도로 많아졌다.

특히 딸이 학교에 다니기 전까지 한 달가량은 잠자는 시간을 빼곤 아이 옆에 항상 내가 있었다. 그렇게 딸과 함께 종일 지내면서 나는 딸의 일기장을 훔쳐보지 않더라도 딸의 표정에서 다양한 감정을 더 잘 읽을 수 있게 되었다.

우리와 같은 외국인이 미국에 체류할 때에는 시급히 처리해야 할 일들이 몇 가지가 있다. 우선 집을 구하고 은행 계좌를 개설해야 한다. 자동차를 사는 일과 운전면허를 따는 일도 시급하다. 이 모든 일이 정착 시기에 중요하지만, 당시 내게 가장 중요한 일은 딸을 공립 초등학교에 입학시키는 일이었다. 외국에서 온 아이들이 공립 초등학교에 입학하려면 먼저 국제학생등록센터에 가서 예방접종 증명서를 제출하고 영어 테스트를 받아야 했다. 그런데 한국에서 가져온 영문 예방접종 증명서는 그대로 사용할 수 없었다. 우리가 사는 주의 예방접종 증명서 양식에 맞춰 의사가 재작성한 증명서를 국제학생등록센터에 제출해야만 했다.

나는 딸을 데리고 도심의 한 공립병원에 가서 증명서 발급을 신청했다. 그런데 한국에서 가져온 딸의 예방접종 증명서를 점검하던 미국인 의사가 B형 간염 예방접종을 한 번 더 해야 한다고 했다. 3차 접종은 생후 6개월에 해야 하는데, 우리 아이는 5개월 10일에 했기 때문에 인정할 수 없다는 것이었다. 한국적인 사고방식으로는 20일 일찍 주사를 맞은 것 때문에 7년도 더 지난 지금 다시 접종해야 한다는 것을 이해할 수 없었다. 당연히 3차 접종을 할 때 한국 의사가 문제가 없다고 판단했기 때문에 주사를 놔주었던 것 아니었겠는가? 결국, 증명서를 발급받기 위해 딸은 그 자리에서 주사를 한 번 더 맞았다.

다음 날 나는 국제학생등록센터에서 발급해 준 학생등록 서류를 가지고 딸이 다닐 초등학교에 갔다. 그런데 이번엔 서류를 검토하던 학교 행정실 담당자가 우리의 거주지 증명이 부족하다며 입학을 보류했다. 보통 미국에서 거주지 증명은 은행이나 보험사에서 집으로 보낸, 집 주소가 찍힌 우편물 봉투로 한다. 운전면허를 신청할 때도 우편물을 두 개 가져가면 거주지 증명이 된다. 나는 계좌를 개설한 은행과 자동차 보험사에서 집으로 보낸 우편물을 제출했지만, 담당자는 입학을 허가할 수 없다고 했다. 이유인즉슨, 다른 동네 학부모들이 이 학교를 보내기 위해 위장 전입을 하는 사례가 있으므로 우편물보다 더 확실한 거주지 증명서를 제출해야만 한다는 것이었다. 그러면서 학교에서 정한 거주지 증명 서류 리스트를 건네주었다.

전혀 예상치 못한 상황이었다. 치맛바람이 세계 최고인 한국에서도 초등학교는 위장 전입 사례가 드문데, 하물며 미국 남부의 한적한 동네에서 위장 전입이라니. 입학을 보류한다는 담당자의 말에 애가 탔지만 어쩔 수 없었다. 입학은 담당자의 권한이었다. 학교 행정실 밖으로 나오면서 담당자가 건네준 거주지 증명 서류 리스트를 꼼꼼히 읽어 보았다. 그 리스트에는 임대계약서가 있었다. 하긴 임대계약서만큼 거주지를 확실하게 증명하는 서류도 없었을 텐데, 왜 진작 그 생각을 못 했는지. 그날 오후 다시 학교에 가서 임대계약서를 제출하자 담당자는 바로 딸의 입학을 허가했다.

미국은 원칙을 참 중요시하는 나라다. 때로는 융통성이 없고 원칙을 지키느라 일 처리가 느려지는 모습이 답답하게 느껴지기도 했다. 하지만 부모가 자녀에게 사소한 원칙이라도 지키는 모습을 보이고, 또 그것을 가르치는 것만큼 중요한 교육도 없다는 것을 깨달은 곳도 미국이었다. 원칙과 기준을 지키는 것이 습관이 된 아이가 성숙한 시민의식과 준법정신을 지닐 수 있는 것은 지극히 당연하다.

운전으로 시작해 운전으로 끝난 하루

딸이 학교에 다니기 시작한 후 나의 일과 중 가장 중요한 일은 운전이 되었다. 매일 아침 차로 딸을 학교에 데려다주고 나서 아내를 대학원에 데려다준 후 집으로 돌아왔다. 딸의 등교 시간은 오전 7시 45분부터 8시까지였다. 8시 이후에 학교에 도착하면 교실로 가는 출입문이 아닌 학교 행정실 문으로 들어가서 지각 처리를 한 다음 교실로 가야 했다. 8시 이후에는 행정실을 제외한 학교 건물의 모든 출입문이 닫힌다. 아이들의 안전을 위해 출입 관리를 철저히 한다. 아마 총기 사고가 자주 발생하는 나라라서 그런 것 같았다.

나는 아내를 대학원에 데려다주고 집에 돌아오면 청소와 빨래를 했다. 점심은 간단하게 샌드위치를 만들어 먹었다. 점심을 먹은 후엔 도서관에서 빌려온 책을 읽거나 YMCA에 가서 운동했다. 그리고 오후에는 다시 학교에 가서 딸을 데려왔다. 하교는 오후 3시였지만 난 매일 30분 전에 학교 주차장에 도착해서 딸을 기다렸다. 먼저 도착한 부모 순서대로 자녀 이름을 불러서 차에 탑승시키기 때문에, 하교 시간에 딱 맞춰 데리러 가면 아이가 정문 복도에 앉아서 오래 기다려야 했다.

일주일에 한 번은 딸을 데리고 집에 오는 길에 마트에 들러 장을 봤다. 저녁거리는 주로 스파게티 면과 토마토소스, 아보카도, 브로콜리, 연어를 샀다. 아내와 아이 모두 오븐에 구워 그 위에 레몬즙을 뿌린 연어 요리를 좋아했다. 집에서 저녁 준비를 하거나 딸과 도서관에 있을 때 아내에게서 전화가 오면, 딸과 함께 대학원에 가서 아내를 데리고 집으로 돌아왔다. 나중에는 딸이 방과 후 활동으로 다른 동네에 있는 체조학원에 다니게 되면서 내 운전 코스는 하나 더 늘었다. 정말이지 미국에서 운전은 질리도록 했다.

미국에서 만난 한국인 중년 여성이 했던 말이 생각난다. 본인의 자녀가 셋인데 미국에서 태어난 막내 아이가 고등학교를 졸업할 때까지 20년 넘게 운전한 기억밖에 없다고 했다. 실제로 미국에는 '밴 맘(Van Mom)'이란 말이 있다. 스포츠 장비나 악기 등을 미니밴의 수납공간에 싣고 아이들을 운동장, 개인지도 받는 곳 등으로 데리고 다니는 엄마들을 말한다. 밴 맘들은 살림과 육아뿐만 아니라, 매일 이곳저곳 운전을 하고 다니느라 한국의 워킹맘 못지않게 바쁘다. 밴 맘이 아니더라도 미국에서 자녀를 키우는 엄마 중에는 운전을 못하는 사람이 없다. 미국은 한국과 달리 대중교통으로 갈 수 없는 곳들이 많다. 그래서 미국에서 운전면허가 없거나 운전을 못하면 손발이 묶이는 것과 마찬가지다.

미국 운전면허 한번 따기 정말 어렵네

돌이켜 보면 미국에 정착할 때 가장 스트레스를 받았던 것이 운전면허를 따는 일이었다. 한국에서 가져온 국제운전면허증이 있었지만, 한 달 안에 면허를 신청해야 했다. 난 미국에 도착한 후 며칠 지나지 않아 운전면허 시험장에 갔다. 거주지를 증명할 수 있는 우편물 두 개와 여권, 입국허가서, 입학허가서, 면허증 신청서를 제출하고 시력검사와 필기시험을 봤다. 필기시험에 합격하고 연습면허증(Learner Permit)을 발급받기 위해 기다리고 있는데, 담당 공무원의 표정이 심상치 않았다. 그는 내 체류 신분이 전산상으로 조회가 되지 않아서 연습면허증을 발급할 수 없다고 했다. 당혹스러움 그 자체였다. 합법적인 체류 신분을 증명하는 유학생 동반 가족 비자와 입국허가서, 입학허가서를 모두 제출했는데 체류가 확인되지 않는다니 이해가 되지 않았다. 담당 공무원은 싸늘한 눈빛으로 날 쳐다보며 말했다.

"체류 신분이 확인되면 그때 연락하겠습니다. 돌아가세요."

필기시험에 합격하고도 연습면허증을 받지 못한 채 허탈한 마음으로 집에 왔다. 그런데 보름이 지나도록 면허시험장에서 연락이 없었다. 연습면허증이 있어야 도로주행시험에 응시할 수 있는데 이러지도 저러지도 못하고 난감한 상황이었다. 나는 답답한 마음에 다시 면허시험장에 갔다. 담당 공무원에게 내 체류 신분이 확인되었는지 물어보았다. 그러자 그는 연락을 받고 온 것이냐고 되물었다. 그렇지 않다고 말하자 저번과 같이 집에서 연락을 기다리라고 냉소적으로 말했다. 한 번만 더 확인해 달라고 부탁했지만, 그는 아무런 대답도 하지 않았다. 그 순간 내가 미국인이라도 이렇게 무성의하게 대하겠는가 하는 생각에 서러움이 북받쳤다. 이대로 집에 돌아가면 너무 속상할 것 같아서 눈을 뜨고 잠시 기도를 했다.

'하나님. 도와주세요.'

마침 그때 옆자리에 앉아 있던 공무원이 그 사람 옆으로 다가왔다.

"무슨 일인데 그래?"

"이 사람 체류 신분이 확인이 안 돼서 연락하면 오라고 했더니 그냥 와서 그러네."

"그래? 그럼 내가 한번 확인해 볼게."

그는 컴퓨터로 내 서류를 조회하더니 어깨를 으쓱하고는 다음과 같이 말했다.

"체류 신분 확인됐는데? 연습면허증 발급하면 되겠네."

기쁘면서도 착잡한 마음이 들었다. 나는 이후 도로주행시험까지 합격하고 운전면허증을 발급받았다.

미국에 이민 온 사람들이 한결같이 하는 말이 있다. 미국에서 집을 구하고 운전면허까지 따면 정착의 90퍼센트는 끝난 것이라고 말이다. 그만큼 집을 구하는 것과 운전면허를 따는 것이 이방인들에게 큰 스트레스다.

쉽지 않았던 미국 정착

운전으로 하루를 시작해서 운전으로 마치는 생활이 익숙해질 무렵, 딸을 차에 태우고 아내를 데리러 대학원으로 가다가 교통사고가 났다. 직진 신호를 받고 교차로에 진입하던 순간 옆 차선을 달리던 트럭이 내 차 뒷바퀴 부분을 친 것이었다. 다행히 카시트에 앉아 있던 딸은 다치지 않았다. 나는 911에 전화를 걸어 경찰을 부르고 보험사에 사고 접수를 했다.

다친 사람은 없었지만, 교통사고 보험처리가 한국보다 오래 걸렸다. 사고가 나고 2주가 지난 일요일 아침, 나는 혹시 보험사에서 이메일이 왔나 확인하려고 컴퓨터를 켰다. 그런데 모니터에 개구리 알 모양의 하얀 점들이 수백 개가 보였다. 모니터를 휴지로 닦아도 없어지지 않았다. 도리어 그 수백 개의 점이 내 눈동자의 움직임에 따라 같이 움직이는 것이었다. 너무 깜짝 놀랐다. 오래전부터 비문증이 있어서 눈앞에 먼지와 머리카락 같은 것들이 몇 개 떠다녔지만, 이렇게 수백 개의 점이 눈앞에 떠다닌 적은 없었다. 마치 은하계의 수많은 별이 내 눈 속에서 펼쳐진 것과 같은 괴상한 현상에 두려운 마음이 들었다.

인터넷으로 검색해 보니 눈의 망막이 벗겨졌거나 망막에 구멍이 생겼을 경우 비문증이 갑자기 심해진다고 나왔다. 머릿속이 복잡해졌다. 망막 박리나 망막 열공이면 응급치료나 수술을 받아야 하는데, 미국은 병원에서 치료를 받으려면 보통 예약 후 2~3주를 기다려야 했다. 그럴 바에 한국에 가서 빨리 진료를 받는 게 나았다. 아내는 운전을 못 하지만 MBA 동기들이 차를 태워 주면 어떻게든 학교는 다닐 수 있을 것 같았다.

문제는 딸이었다. 내가 한국에 가면 딸아이는 여기서 학교에 다닐 수 없었다. 학교에 데려다줄 사람이 없을 뿐더러, 아내가 학교에 있는 동안 딸을 돌봐 줄 사람도 없었다. 또 만약 내가 망막 수술을 하면 한국에서 오랫동안 있어야 할 텐데, 그렇게 되면 아이도 한국에 돌아오는 수밖에 없었다. 그나마 미국에 와서 딸아이가 엄마랑 함께 있는 시간이 많아졌는데 아내랑 2년 가까이 헤어져 있어야 한다면 그건 너무나 가혹한 일이었다.

일단 급한 대로 다음 날 아침 나는 딸을 학교에 데려다주고 아내와 함께 대학병원에 갔다. 안과 접수 데스크에 가서 진료를 받을 수 있는지 물었더니 우려한 대로 3주 후에나 진료를 받을 수 있다고 했다. 눈이 지금 어떤 상태인지 모르는 상황에서 3주까지 기다릴 수는 없었다. 진료 예약을 망설이며 병원 복도에 있는데 지나가던 한 여성이 "제가 도와드릴 일이 있을까요?"라며 말을 걸었다. 하얀 의사 가운을 입고 있던 그녀는 의대 교수나 레지던트처럼 보였다. 아내는 그녀에게 내 눈의 상태를 자세히 설명했다. 그러자 그녀는 접수 데스크에 가서 직원과 잠시 얘기를 나누더니 오늘 바로 진료를 받게 해주겠다고 했다. 그 순간 얼마나 감사하던지. 그녀는 마치 하나님이 우리에게 보내주신 천사처럼 느껴졌다.

그날 나는 진료 후 눈의 후유리체가 벗겨졌다는 진단을 받았다. 의사 말로는 눈의 중심부에 있는 유리체가 망막에서 떨어지면서 눈앞에 수백 개의 점이 보이는 거라고 했다. 생활하는 데 많이 불편하겠지만 특별한 치료 방법은 없다고 했다. 그나마 망막이 찢어지거나 구멍이 뚫리지 않은 게 다행이라고 했다. 대신 경과 관찰을 위해 한 달 뒤에 다시 오라고 했다.

딸의 학교 등록부터 운전면허 취득, 교통사고, 후유리체 박리까지 나에게 미국 정착은 이래저래 쉽지 않았다.

03
....

아빠가 길러 주는
독서 습관

아이와 함께 책을 읽다

하루는 딸이 심각한 표정으로 내게 말을 걸었다.

"아빠, 학교에서 수업하기 전에 친구들이 다 일어나서 가슴에 오른손을 올리고 뭐라고 주문 같은 걸 외우는데, 난 그게 뭔지 도무지 모르겠어. 나만 못 따라 하니까 너무 창피해. 그게 뭔지 좀 알아봐 줄 수 있어?"

"친구들이 주문을 외울 때 들리는 말은 없었어?"

"마지막에 '리버티 앤 저스티스 포 올(liberty and justice for all)'이라고 하더라고."

그 말을 듣자 난 그게 '국기에 대한 맹세(The Pledge of Allegiance)'라는 걸 알아챘다. 미국에 온 지 한 달 정도 지났을 때 CNN 방송을 본 적이 있었다. 방송에서는 마틴 루서 킹 목사의 '나에게는 꿈이 있습니다' 연설 50주년을 기념하는 행사가 중계되었다. 방송인 오프라 윈프리와 지미 카터 대통령, 빌 클린턴 대통령, 킹 목사의 가족들이 차례로 나와서 기념사를 했고 마지막으로 버락 오바마 대통령이 연설했다. 그때 오바마 대통령 연설의 마지막 말이 '원 내이션 언더 갓, 인디비지블, 위드 리버티 앤 저스티스 포 올(one nation under God, indivisible, with liberty and justice for all)'이었다. 난 이 말이 가슴에 와 닿아서 그 뜻을 명확히 알고자 인터넷으로 검색을 해 보았다. 그리고 이 말이 미국의 '국기에 대한 맹세'에 나온 문장임을 알았다.

'국기에 대한 맹세'처럼 딸아이는 학교에서 일어났던 일 중에 궁금했던 것이나 숙제를 하다가 모르는 것이 있으면 내게 물어봤다. 아이 숙제 중에는 매일 읽고 싶은 책을 읽은 뒤 '리딩 로그(reading log)'라는 독서 노트에 책 내용을 정리해서 쓰는 숙제가 있었다. 한국이었으면 딸이 원하는 책을 온라인 서점에서 사주었겠지만, 미국은 책값이 비싸서 잘 사줄 수가 없었다. 그래서 딸을 데리고 집 근처 도서관에 자주 갔다. 그리고 딸이 읽고 싶은 책을 자유롭게 읽도록 했다. 간혹 딸이 책 고르는 것을 어려워할 때면 내가 대신 도서관에 비치된 학년

별 추천 도서 목록을 보고 수준에 맞는 책을 추천해 주었다. 그리고 딸이 책을 읽는 동안 나도 아이 옆에 앉아서 책을 읽었다.

도서관에 가면 딸은 주로 그날 학교에서 수업시간에 배웠던 것과 관련된 책들을 읽었다. 어느 날은 사회 수업 시간에 땅콩 박사 조지 워싱턴 카버가 만든 발명품에 대해 배우고 와서는, 도서관에서 조지 카버의 일생을 그린 동화책을 읽었다. 딸이 동화책을 읽는 동안 나도 조지 카버의 위인전을 꺼내 읽었다.

그리고 그날 밤 딸과 조지 카버에 대해 인상 깊었던 점, 새롭게 알게 된 점, 조지 카버 하면 떠오르는 이미지 등에 관해 서로의 생각을 나누었다. 이처럼 딸의 독서량이 늘어가고 아빠인 나와 책 내용으로 토론하는 시간이 많아지면서 딸의 사고는 점점 확장돼 갔다. 딸은 책 속 이야기를 자기가 미국에서 경험한 일들과 연관 지어 그림을 그리는가 하면, 책에서 새롭게 알게 된 것들을 용어카드에 적어 퀴즈로 푸는 게임을 만들기도 했다.

무엇보다 책 읽는 즐거움을 알게 된 딸아이의 영어 실력은 하루가 다르게 발전해 갔다. 딸은 미국 학교에 입학하기 전 국제학생등록센터에서 영어 테스트를 받았었다. 테스트 결과 학교에서 정규 과목 수업 이외에 영어 교습을 따로 받아야 할 정도로 읽기와 쓰는 능력이 부족하다는 평가를 받았다. 그랬던 딸이 미국에 온 지 8개월 뒤에 치른 우리나라의 전국연합학력평가와 유사한 시험에서 읽기 능력이 미국 전체 동일 학년에서 상위 7퍼센트 안에 들었다. 또 일 년 뒤에는 한 대학교에서 주관한 시 창작 대회에서 딸이 쓴 시가 우수 작품으로 뽑혔다.

지금 중학생이 된 딸은 여전히 책 읽는 것을 좋아한다. 학교 도서관에서 책을 빌려 오기도 하고 집 책장에서 내가 읽는 책들을 꺼내 읽기도 한다. 며칠 전에는 한참을 방에서 나오지 않기에 무얼 하나 궁금해서 방에 가 봤더니 소설을 쓰고 있었다. 〈할아버지의 동치미 국수〉라는 흥미로운 제목의 소설이었다. 글의 앞부분만 읽어봤는데도 중학생이 썼다고는 믿어지지 않을 정도로 꽤 짜임새를 갖췄고 감동과 재미도 있었다.

미국인들의 도서관 사랑

우리 아이가 책과 친해지면서 나타난 또 하나의 변화가 있었다. 바로 자기의 생각을 자신 있게 표현하게 된 것이었다. 때때로 자기가 원하는 것을 너무나 논리 정연하게 요구해서 내가 거절하지 못한 적도 있었다. 나는 이러한 변화의 뿌리가 도서관이었다고 확신한다. 딸은 도서관에서 다양한 분야의 책을 읽으면서 폭넓은 지식을 쌓았고, 창의력과 비판적인 사고력도 길렀다. 그리고 자기 삶의 역할모델이 될 수많은 역사 속 위인들을 도서관에서 만났다. 딸과 함께 미국의 도서관에서 책을 읽었던 시간은 내게도 큰 기쁨으로 남아 있다.

미국 도서관에 관한 이야기를 조금 더 해보자. 미국에 온 지 세 달 정도 지났을 때 일이다. 딸이 미국인 친구의 생일 파티에 초대를 받았다. 나는 딸을 친구 집에 데려다주면서 친구 부모님의 호의로 잠깐 집을 구경했었다. 집 앞마당의 푸른 잔디에는 대리석 조각들이 있고 뒷마당에는 수영장이 있는, 영화에서나 볼 법한 으리으리한 3층 단독주택이었다. 그런데 의외로 집에 책이 별로 없었다. 처음에는 이 가족이 책을 잘 안 읽나 보다고 생각했는데, 미국에 오래 사신 분들의 이야기를 들어보니, 미국인들은 책을 도서관에서 빌려 보는 습관이 몸에 배어 있던 것이었다.

미국은 도서관의 천국이라 할 정도로 지역마다 도서관이 곳곳에 자리 잡고 있다. 우리가 미국에서 살았던 도시의 인구는 서울의 송파구와 비슷했지만, 공립 도서관이 스물한 개나 있었다. 각 공립 도서관마다 아이들이 볼 수 있는 책과 DVD, 자료들을 한곳에 모아둔 어린이 코너가 있었고, 한 사람당 책을 한 달 동안 100권이나 빌릴 수 있었다.

이렇게 도서관 시스템이 잘 갖춰져 있다 보니, 미국인들은 자녀에게 독서 습관을 길러주기 위해 아이가 걸음마를 시작할 때부터 함께 도서관을 찾는다. 동화책을 읽어 주기도 하고, 책 내용에 대해 함께 토론하기도 한다. 또 자녀가 책 읽는 즐거움을 발견할 수 있도록 돕기 위해 부모가 다양한 독서 기획 행사와 프로그램에 같이 참여한다. 그리고 평일 낮에도 도서관에서 자녀와 함께 책을 읽는 아빠들을 볼 수 있다. 그중에는 나처럼 직장을 다니지 않는 아빠들도 있겠지만, 자녀의 독서 교육을 위해 휴가를 내고 도서관을 찾는 아빠들도 많다.

나는 딸이 집 근처 도서관에 가는 것을 지겨워할 때쯤이면 한 번씩 옆 동네의 시립 도서관에 갔다. 거기는 우리 동네 도서관보다 딸이 즐길 수 있는 프로그램들이 많았다. 어린이를 위한 음악회, 전시회, 강연 등 그야말로 도서관이 문화 공유의 선봉장 역할을 하고 있었다. 나는 지금도 도서관 외벽에 새겨져 있던 아치볼드 매클리시(Archibald MacLeish) 시인의 명언이 잊히지 않는다. 미국 국회도서관장을 역임하고 하버드대 교수를 지냈던 그의 도서관에 대한 철학을 이 책을 읽는 독자들과도 함께 나누고 싶다.

도서관이 그 무엇보다도 중요한 것은 도서관이 존재한다는 사실 그 자체다(What is more important in a library than anything else-than everything else-is the fact that it exists).

자녀를 인재로 키우는 방법

나의 지인 중에 영어와 독일어를 자유롭게 구사하는 삼십대 여성이 있다. 그녀의 부모님 두 분이 독일에서 박사과정 공부를 하시는 동안 그녀도 독일에서 유년 시절을 보냈다. 한국으로 돌아온 후 그녀는 서울대 경제학과를 졸업하고 영국 옥스퍼드대학에서 석사학위를 받았다. 이후 아내가 다니는 직장에 입사해서 아내와 2년 동안 같은 부서에서 일했다. 그때 나는 아내와 함께 그녀와 식사를 같이 한 적이 있었다. 첫만남이었지만 한 시간 남짓 대화를 하면서 그녀야말로 진정한 인재라는 생각이 들었다. 그녀가 명문대를 졸업했기 때문에, 혹은 머리가 좋기 때문에 그렇게 생각한 것은 아니다. 상대방의 사소한 이야기조차 경청하며 자기 생각을 절제된 표현으로 안정감 있게 말하는 모습이 매우 인상적이었기 때문이다. 말하자면 그녀는 지성과 인성을 겸비한, 겸손하면서도 자존감이 높은 여성이라는 것을 느꼈다. 아내의 말에 의하면 회사에서도 그녀는 온화한 성품과 뛰어난 역량으로 칭찬이 자자했다고 한다. 몇 년 후 그녀는 직장을 그만두고 독일로 건너갔다. 독일에서 대학원을 다니면서, 독일로 온 아프리카와 중동의 난민들을 돕는 자원봉사 활동을 했다. 그리고 지금은 파리에 있는 국제기구에서 근무하고 있다.

얼마 전 그녀가 잠깐 한국에 왔을 때 우리 가족과 함께 식사를 했다. 나는 이 기회를 놓치지 않고 그녀의 부모님의 양육 방식에 대해 많은 질문을 던졌다. 할 수만 있으면 그녀의 부모님을 그대로 따라 하고 싶었다. 특히 그녀의 아버지가 그녀를 어떻게 키웠는지 몹시 궁금했다. 그녀는 어렸을 적 부모님의 모습을 다음과 같이 기억하고 있었다. 그녀가 무슨 말을 하든지 부모님은 그녀의 생각과 의견을 존중해 주셨다고 한다. 그리고 매일 자녀들을 위해 기도해 주셨는데 지금도 부모님의 기도가 자기 삶의 큰 힘과 위로가 된다고 했다. 또 부모님께서 항상 책을 읽으셨던 모습이 기억난다고 했다.

　얼핏 듣기에는 특별한 점이 없어 보이는 양육 방식이었다. 그렇지만 이 세 가지 양육 방식, 즉 자녀를 존중하고 자녀를 위해 기도하며 자녀에게 책을 읽는 모습을 보여주는 것을 통해 그녀가 인재로 성장할 수 있었을 것이다. 평범해 보이지만 자녀를 인재로 키우는 중요한 비결이다. 나는 그녀의 말을 듣고 한편으론 다행스럽게 생각했다. 왜냐하면 아내와 나도 부족하게나마 이 세 가지를 실천하고 있었기 때문이었다. 우리 부부는 늘 딸이 하는 말에 귀 기울여 왔다. 딸을 다른 아이들과 비교하는 것은 되도록 피했다. 그리고 우리 부부는 딸이 태어난 날부터 지금까지 자기 전에 딸의 손을 잡고 하루를 마감하는 기도를 한다. 또 나는 딸과 함께 집에 있을 때는 주로 책상에 앉아 책을 읽거나 글을 쓴다. 미국에 있을 때도 예외는 아니었다. 미국에 와서 쓰기 시작한 원고를 출판사에 이메일로 보내 귀국 전 출간했었다. 틈틈이 국내 잡지와 대기업 사보에도 칼럼을 기고했었다. 이렇게 내가 미국에서도 계속 글을 썼던 것은, 글 쓰는 것이 항상 즐거워서 그랬던 것은 아니었다. 아빠가 집에서 멍하니 텔레비전을 보는 모습을 딸에게 보여 주기 싫어서였다. 지금도 우리 집에는 텔레비전이 없다. 정말 보고 싶은 프로그램이 있으면 스마트폰으로 재방송을 보거나, 식당에 가서 밥을 먹으면서 그곳에 있는 텔레비전을 본다.

장모님과 장인어른의 교육법

생각해 보니 장모님과 장인어른도 그렇게 아내를 키우셨다. 오래 전 장모님께 아내와 처형들, 손위 처남을 어떻게 키우셨는지 여쭤본 적이 있었다. 처가 식구들은 어디에 내놔도 자랑할 만한 스펙들을 갖고 있지만 스스로를 내세우지 않고 모두 겸손하고 진실한 성품을 지녔다.

장모님은 다섯 명의 자녀를 키우시면서 혼내 본 기억이 없다고 하셨다. 내가 봐도 아내는 성품이 워낙 착해서 혼날 짓은 하지 않고 컸을 것 같다. 그래도 성격이 좀 강한 셋째 처형은 장모님께 가끔 혼나지 않았을까 하는 의심을 살짝 해봤다. 아무튼 장모님은 자녀들을 키우시면서 순간순간 "하나님이 너희들과 함께하시니 잘될 거다."라는 말씀을 자주 하셨다고 했다. 그리고 자식들을 위해 매일 무릎을 꿇고 기도했다고 하셨다. 이제 내년이면 여든이 되시는 장모님은 오늘도 자식들과 사위, 며느리, 손주들을 위해 기도하신다. 아마 시도 때도 없이 근심을 안겨 드리는 막내 사위인 나를 위해 기도를 많이 하시는 것 같다. 장모님께서 십여 년 전 쓰신 시에는 자식을 위해 기도하시는 당신의 모습이 투영돼 있었다.

숨어 흐르는 강

낳아 기르며
무릎으로 엎드린
눈물

닿을 데 많아
눈 딱 감고
돌아서네

언제나
엎드린 눈물 속에 피어나는
다섯 아이들

이 땅에
숨은 가슴은
끝없이 흐르는
강인가

애석하게도 나는 장인어른을 뵌 적이 없다. 학교 국어 선생님이셨던 장인어른은 아내가 대학을 다닐 때 순직하셨다. 처가에 가면 거실 벽에 장인어른의 국가유공자증서와 대통령 훈장증이 걸려 있다. 그리고 그 옆에 장인어른께서 쓰신 '나 솔처럼'이란 제목의 시가 액자로 걸려 있다. 이 시를 읽을 때마다 장인어른의 올곧은 성품이 고스란히 느껴진다.

나 솔처럼

나 솔처럼 늙지 않으리
층암계곡 창창울울
피어나는 솔처럼
나 늙지 않으리

산허리
운무 안개
비치는 태양
흐르는 시냇물
조약돌
여기는 설악

올해로 장인어른이 돌아가신 지 22년이 되었다. 처가의 2층
다락방 책장에는 장인어른께서 생전에 보셨던 책들이 아직
꽂혀 있다. 책을 보시는 아버지의 모습을 보면서 자녀들이 책
과 가까워지고 문학적 감수성이 피어났을 거라는 것은 충분
히 짐작할 수 있다. 세 명의 처형 중 두 분이 교수인데, 한 분
이 국어국문학과 교수가 된 것이 이와 무관하지 않을 것이다.
알베르트 슈바이처는 '모범을 보이는 것은 다른 사람에게

영향을 미치는 가장 좋은 방법이 아니라 유일한 방법이다.'라고 말했다. 한 가지 바람이 있다면, 내가 책을 읽고 쓰는 모습이 우리 아이에게 좋은 영향을 미쳤으면 좋겠다. 내 모습을 보고 아이가 닮고 싶어 한다면 부모로서 얼마나 행복하겠는가?

04

지성과 감성을
키우는 여행

저녁이 있는 여유로운 삶

아내는 한국에서 직장을 다닐 때 누리지 못했던 '저녁이 있는 삶'을 미국에서 경험했다. 가족과 함께 집에서 저녁을 먹게된 것이었다. 아내의 대학원 수업은 오후 5시쯤 끝났다. 아내는 팀 과제 때문에 어쩔 수 없이 학교에 늦게까지 있어야 할 때를 빼고는 수업이 끝나면 바로 집에 왔다. 중간고사와 기말고사 기간에도 다른 동기들처럼 학교 도서관에서 공부하지 않고 집에 와서 공부했다.

우리 가족은 저녁을 먹고 집 근처 공원에 가서 산책을 자주 했다. 공원에는 개똥벌레라고도 하는 반딧불이 수백 마리가 반짝반짝 황록색 빛을 내며 날아다녔다. 서울 도심에서는 좀처럼 보기 힘든 아름다운 광경이었다.

해가 긴 날은 저녁을 먹고 집에서 차로 10분 거리에 있는 호수 숲으로 산책하러 갔다. 숲속 호숫가 옆으로 난 오솔길을 걷다 보면 벼락 맞고 쓰러진 고목에서 자라난 버섯들과 나무 사이에서 풀을 뜯어 먹는 사슴들을 볼 수 있었다. 특이한 점은 사슴들이 사람을 봐도 도망가지 않는다는 것이었다. 마치 비둘기가 인도에서 사람이 지나가도 비키지 않고 걸어 다니는 것과 비슷했다. 어떤 때는 덩치가 큰 사슴이 내 옆으로 다가와서 깜짝 놀라기도 했다. 두세 발자국 거리에서 사슴의 맑고 큰 눈망울을 본 딸은 내게 이런 말을 했다.

"아빠, 난 이제 동물원에 사는 사슴들과는 눈을 마주치지 못할 것 같아."

숲은 아이의 감성을 키워 주는 자연의 배움터였다. 우리 딸은 숲속 호숫가에서 식물과 동물들을 관찰하면서 인간과 자연의 공존을 배워 나갔다. 아내는 이렇게 온 가족이 함께 저녁을 먹고 숲속을 산책하는 것만으로도 미국 생활에 감사했고 만족해했다.

그래도 나는 우리 가족이 온종일 함께 지낼 수 있는 방학이 오기를 학수고대했다. 돌이켜 보면 미국에 살면서 가장 행복했던 때가 아내의 여름 방학이었다. 2년 과정의 미국 MBA는

1학년을 마치면 5월 초부터 8월 중순까지 3개월 동안의 여름
방학이 있다. 이 기간 대다수의 MBA 학생들이 다국적 기업에
가서 인턴십을 한다. 그리고 졸업 후에는 방학 때 인턴을 했
던 기업으로부터 입사 제안을 받고 취업하는 경우가 많다. 반
면 아내는 직장에서 MBA를 보내 준 것이었기 때문에 어차피
인턴십을 할 수 없었다. 아내의 여름 방학은 우리 가족이 함
께 보낼 수 있는 더없이 소중한 시간이었다.

나는 아내의 여름 방학이 시작되기 6개월 전부터 여행 계획
을 세웠다. 자연의 신비를 체험할 수 있는 서부 지역의 국립
공원과, 미국의 역사와 문화, 정치와 경제를 체험할 수 있는
동부 지역의 도시들을 꼭 한 번 여행하고 싶었다. 여행 계획
은 구글 지도로 운전경로와 숙박할 호텔 정보를 수집하는 것
부터 시작했다. 나는 여행을 통해 딸에게 다양한 경험과 추억
을 선물해 주고 싶었다. 자연, 문화, 역사의 숨결이 살아 숨을
쉬는 곳들을 탐방하면서 딸이 세상을 보는 시야가 넓어지고
지성과 감성의 폭이 확장되길 기대했다.

서부 여행, 자연 속 체험 학습

드디어 5월, 기다리던 여름 방학이 시작됐다. 우리는 저가
항공사인 사우스웨스트항공의 비행기를 타고 서부 국립공원
여행의 길목인 네바다 주 라스베이거스로 갔다. 잘 알려진 대
로 라스베이거스는 카지노와 호텔들이 즐비하게 들어선 유흥

의 도시다. 화려한 쇼와 다양한 먹거리, 놀거리가 있지만 어린 자녀와 함께 관광하기에는 추천할 만한 곳이 아니다. 우리는 라스베이거스 공항에서 자동차를 빌린 후 바로 호텔로 가서 짐을 풀었다. 그리고 다음 날 아침, 서부 여행의 첫 번째 목적지인 그랜드캐니언으로 향했다.

미국 3대 협곡이라 불리는 그랜드캐니언, 브라이스캐니언, 자이언캐니언을 일주일 동안 돌아보는 빡빡한 일정이었다. 매일 네 시간 넘게 사막을 가로지르는 고속도로와 국도를 달리다 보니 몸이 힘들었다. 또 어두컴컴한 저녁에 그랜드캐니언을 빠져나와 64번 도로를 달리고 있는데 몸길이만 족히 2미터가 넘는 엘크 한 마리가 갑자기 차 앞으로 뛰어나와 심장이 멎을 뻔한 경험도 했다. 그런데도 미국 서부 여행은 육체의 피곤함을 압도하는 즐거움이 있었다. 특히 딸은 그랜드캐니언의 광대한 협곡 사이로 흐르는 콜로라도 강을 보면서 연신 감탄사를 내뱉었다. 난 이때를 놓치지 않고 딸에게 침식작용과 지각 활동에 대해 설명해 주었다. 그리고 성경 창세기에 나오는 노아의 대홍수 이야기도 들려주었다.

서부 협곡 여행을 마친 후, 우린 다시 옐로스톤이 있는 와이오밍 주로 여행을 떠났다. 세계 최초의 국립공원인 옐로스톤은 자연을 생생하게 경험할 수 있는 최적의 장소였다. 간헐천에서 솟구쳐 오르는 물기둥과 대지 곳곳에서 뿜어 나오는 수증기, 박테리아가 만들어 낸 에메랄드색의 온천과 옐로스톤

강이 협곡을 지나며 만든 폭포의 웅장함에 입이 절로 벌어졌다. 무엇보다 옐로스톤의 가장 큰 매력은 야생 동물의 생태계를 직접 관찰할 수 있다는 것이었다. 노새 사슴이 풀을 뜯는 모습을 가까이서 봤고, 늑대 서너 마리가 바이슨 새끼를 잡아먹으려고 어미 바이슨 주변을 맴도는 모습을 멀찌감치 지켜보았다. 딸은 차 바로 옆을 지나갔던 바이슨의 긴 혓바닥과 커다란 눈을 지금도 또렷이 기억하고 있다.

우리는 옐로스톤에서의 추억을 뒤로한 채 콜로라도 주 덴버로 향했다. 덴버에서 차로 한 시간 반가량 북서쪽으로 달려 도착한 곳은 로키 산 국립공원이었다. 로키 산에는 알파인 툰드라 보호구역이 있다. 나는 이 보호구역의 오솔길을 걸으며 딸에게 툰드라 지대에 나무가 없는 이유를 설명해 주었다. 딸은 몇 해 전 학교에서 툰드라에 대해 배울 때, 아빠가 로키 산에서 툰드라에 대해 설명해 주었던 것이 떠올랐다고 했다. 아이들은 여행을 통해 보고 듣고 배운 것을 오래도록 기억한다. 그러므로 여행을 하면서 자녀에게 많은 것을 보게 해 주고 많은 이야기를 해 주는 것이 좋다. 실제로 우리가 다녔던 미국 서부 지역의 국립공원들은 어느 하나 빼놓을 곳 없이 유익한 체험 학습의 장이었다.

동부 여행, 도시 속 체험 학습

미국 서부 여행이 자연 속에서의 체험 학습이었다면, 동부 여행은 도시 속에서 세계 정치와 경제, 문화와 역사를 체험하는 배움의 시간이었다. 우리는 미국 동부 여행의 첫 번째 목적지인 뉴욕으로 갔다. 세계 경제의 중심지인 뉴욕에서 딸이 금융에 대해 배울 수 있다는 생각만으로도 가슴이 설렜다. 맨해튼 월 스트리트의 뉴욕증권거래소 앞은 관광객들로 북적이었다. 난 딸에게 이곳이 주식을 거래하는 곳이라고 알려주었다. 그러자 딸은 대뜸 주식이 뭐냐고 물었다. 어떻게 설명하면 좋을지 고민하고 있는데, 아내가 해결사로 나서 주었다. 대학원에서 재무학을 전공한 아내는 딸의 눈높이에 맞춰 주식이 무엇인지 설명해 주었다. 또 기업들이 주식을 발행하고 사람들이 주식을 사는 이유도 쉽게 이야기해 주었다. 물론 아직 어린 딸이 금융시장을 이해하는 데는 한계가 있었겠지만, 맨해튼의 청동 황소상에 가서 황소의 특정 부위를 만지며 부자가 되기를 기원하는 모습을 보여주는 것보다는 훨씬 올바른 금융교육이었을 것이다.

뉴욕은 금융뿐만 아니라 외교의 중심지이기도 하다. 뉴욕에는 백 개가 넘는 외교 공관이 있고 반기문 전 유엔 사무총장이 근무했던 유엔 본부가 있다. 우리는 여행을 오기 전 유엔 본부 가이드 투어를 예약했다. 우리는 세계적인 이슈들이 논의되는 유엔의 회의장을 둘러보았다. 안내하는 직원의 설명을 들으며 관람하고 있는데, 딸아이가 갑자기 직원에게 다가가서는 무엇인가를 물어보는 것이었다. 나는 하나라도 더 알고자 하는 딸의 모습에 무척 흐뭇했다. 투어를 마치고 나오면서 직원에게 무슨 질문을 했었는지 딸에게 넌지시 물어봤다. 딸은 물을 어디서 마실 수 있는지 물어봤다며 씩 웃었다. 내 기대가 너무 컸나 보다.

뉴욕 여행을 마친 우리는 버스를 타고 매사추세츠 주 보스턴으로 향했다. 보스턴에는 미국 독립과 관련한 16개 유적지를 연결하는 '프리덤 트레일(Freedom Trail)'이 있다. 나는 이 보행 탐방로의 붉은 벽돌 선을 따라 걸으면서 독립 전쟁의 역사적인 장소들을 연신 카메라에 담았다. 나중에 미국에 관한 책을 쓰게 된다면 보스턴에서 찍은 사진들을 넣고 싶었다. 실제로 한국에 돌아온 뒤 미국을 소개하는 책을 썼는데, 그 책에 보스턴에서 찍었던 사진들을 넣었다.

동부 여행의 종착지는 미국의 수도 워싱턴 D.C.였다. 워싱턴 D.C.에는 여행객들이 많이 찾는 내셔널 몰(National Mall)이 있다. 내셔널 몰에는 자연사 박물관, 항공우주 박물관, 미국사 박물관 등이 모여 있는데 관람료가 무료다. 촉박한 일정 탓에 박물관 세 곳을 하루 만에 돌아봤지만, 한 달 내내 봐도 지겹지 않을 정도로 규모가 방대했다. 박물관에 가는 것을 좋아하는 나는 한국에서도 딸을 데리고 종종 박물관에 갔다. 박물관이 자녀 교육에 좋은 이유는 그곳에서 아이들이 자연, 문화, 역사를 융합적으로, 그리고 흥미롭게 체험할 수 있기 때문이다. 그러한 경험을 통해 아이들은 자신도 몰랐던 적성과 흥미, 재능을 새롭게 발견하기도 한다.

워싱턴 D.C. 여행의 마지막은 미국 행정부를 상징하는 백악관을 구경하는 것이었다. 백악관에는 들어가 보지 못했지만, 사진으로만 봤던 모습을 가까이서 보니 흥분이 되었다. 나는 백악관 앞에서 딸에게 미국 정치 구조의 핵심인 연방주의에 대해 설명해 주었다. 그리고 연방 정부와 주 정부의 차이, 대통령제에 대해서도 설명해 주었다. 몸은 피곤했지만 딸이 귀 기울여 듣는 모습에 피곤한 것도 잊을 정도였다.

백악관 동쪽 연방 정부 건물들이 밀집해 있는 거리를 지나 연방 의사당으로 걸어가면서 권력 분립에 대해 설명해 주었다. 그러자 딸은 자기가 행정부, 입법부, 사법부가 영어로 뭔지 안다면서 아빠는 아느냐고 물었다. 알고 보니 딸은 미국 초등학교에서 행정부, 입법부, 사법부의 기능을 배운 것이다. 그렇지 않아도 딸에게 영어 발음이 안 좋다고 핀잔을 듣던 터라 이번에는 제대로 보여주고 싶었다. 그런데 입법부를 뜻하는 '레지스레이티브 브랜치(legislative branch)'를 발음하다 혀가 꼬이고 말았다. 워싱턴 여행 중에 딸과 아내에게 큰 웃음을 준 순간이었다.

삶을 풍요롭게 해줄 추억의 유산

이렇게 우리 아이는 미국 서부와 동부지역을 여행하면서 평소에 쉽게 체험할 수 없었던 다양한 경험을 했다. 그리고 그 새롭고 유익한 경험을 아빠 엄마와 함께함으로써 자기의 생각과 감정을 더 자유롭고 풍부하게 표현하게 되었다. 딸이 자신의 생각과 감정을 더 잘 표현하게 되면서 나타난 또 하나의 변화가 있었다. 바로 딸이 아빠와 엄마의 감정을 이전보다 더 잘 읽게 된 것이었다. 말하자면 가족 여행을 통해 감성 능력과 공감 능력까지 키울 수 있었던 것이다. 가족 여행은 우리 부부에게도 일상에서 벗어나 서로에게 온전히 집중할 수 있는 쉼과 회복의 시간이었다. 물론 여행을 하면서 사소하게 다툰 적도 있지만 그마저도 미소 짓게 하는 추억이 되었다.

부모가 자녀와 함께 시간을 보내는 것은 중요하다. 그런데 그보다 더 중요한 것은 그 시간을 어느 곳에서 무엇을 하며 어떻게 보내느냐는 것이다. 아이들은 여행을 통해 설렘, 즐거움, 기쁨과 같은 긍정적인 정서를 많이 경험할 수 있다. 가족 간의 정서적 유대감을 높일 수 있는 여행이야말로 어떤 사교육보다 훨씬 가치가 큰 투자인 것이다. 가족 간의 정서적 유대감을 통해 안정감을 느끼는 아이는 마음에 여유가 있어 다른 사람들을 공감하고 배려할 줄 알게 된다. 무엇보다도 자기 스스로가 행복하지 않겠는가?

예전에 한 직장 선배가 빚을 내서라도 여행을 다니라고 했다. 나이가 들수록 돈이 있어도 체력이 달려 여행 다니는 것이 힘들어진다고 했다. 월급을 십 년 넘게 모아도 집 한 채 장만하기 힘든데 빚을 내서 여행을 하라니, 그때는 선배의 말을 실속 없는 이야기로 치부했다. 그런데 미국에서 두 달 넘게 여행을 다녀 보니, 가족과 함께하는 여행은 빚을 내서라도 갈 만한 가치가 충분히 있다는 생각이 들었다. 여행을 하는 동안 행복한 기억이 차곡차곡 쌓였기 때문이다. 가족과의 행복한 기억이 아이의 정서 발달에 긍정적인 영향을 미치는 것은 당연했다. 미국 서부와 동부 여행을 모두 마치고 여행에서 쓴 돈을 계산해 보니, 한국에 있었으면 아이의 1년치 사교육비와 비슷했다. 학원을 보내는 대신 여행을 간 것이니 빚이라고 할 것도 없었다.

그뿐만이 아니다. 미국의 한 대학의 연구에 의하면, 스트레스를 받는 상황에서 행복한 기억을 떠올리면 스트레스 호르몬인 코르티솔이 적게 분비되어 스트레스로부터 빠르게 회복되는 것으로 나타났다. 행복한 기억이 스트레스를 해소해 주는 것이다. 여행은 쉽게 잊히지 않는 독특한 정서적 경험이다. 놀이처럼 행위의 과정에서 즐거움을 찾을 수 있는 것이 바로 여행이다. 나는 여행만큼 아이에게 행복한 기억을 쌓게 해 줄 수 있는 경험도 많지 않다고 생각한다. 아이가 살아가면서 스트레스를 받는 상황에서 행복했던 여행의 기억을 꺼내어 스스로를 다독일 수 있다면 그것만으로도 여행의 가치는 충분하다.

　지금 내 컴퓨터에는 미국을 여행하면서 찍은 수많은 사진들이 저장되어 있다. 요즘에도 가끔 그 사진들을 본다. 아내와 딸과 함께 사진 속 행복했던 기억을 소환해 이야기를 나누다 보면 어느새 한두 시간이 훌쩍 지나간다. 가족 여행을 추억하는 것은 시간이 흘러도 변함없이 행복한 일이다. 나는 딸이 아빠 엄마와 함께했던 미국 여행의 경험이 훗날 딸의 삶을 풍요롭게 할 추억의 유산이 될 것으로 확신한다.

PART
4

워킹맘 남편의
인생 후반전

아이들은 부모의 모든 말과
행동을 보고 배우며 자란다.

부부가 서로 사랑하고 존중하는 모습을 보여주는 것이 가장 좋은 자녀 교육이라는 말도 있다. 실제로 부모가 서로 사랑하고 존중하면 집안 분위기는 자연스레 화목해진다. 화목한 가정에서 자란 아이들이 그렇지 않은 아이들보다 더 큰 행복과 안정감을 느끼는 것은 너무도 당연하다.

01

'경단남'의 선택

사업 재개? 재취업? 전업주부?

2015년 봄, 아내의 MBA 과정이 끝나가고 한국으로 돌아가야 할 시간이 다가왔다. 이맘때가 되면 MBA 졸업 후 직장에 복귀해야 하는 한국 유학생들의 마음이 심란해진다. 내가 아는 유학생 중에는 직장 복귀에 대한 스트레스로 입이 돌아간 사람이 있다. 아예 퇴사하고 미국에서 박사과정에 진학한 사람도 있었다. 다행히 아내는 마음의 큰 동요 없이 차분히 미국 생활을 정리하고 있었다. 오히려 정작 귀국해도 갈 직장이 없는 내 마음이 심란했다. 2년 동안 미국에서는 학생 동반자

비자였기 때문에 일할 수도, 학교에 다닐 수도 없었다. 어차피 미국에서는 가사와 육아 말고는 선택의 여지가 없었기에 무엇을 할지 고민을 하지 않아도 되었다. 하지만 한국으로 돌아갈 날이 코앞으로 다가올수록 '경단남'으로서 맞닥뜨릴 현실이 실감이 났다.

한국에 돌아가면 무슨 일이든 해야 할 텐데, 뭘 해야 할지 답답했다. 가장 먼저 든 생각은 예전에 했던 교육 사업을 다시 하는 것이었다. 미국에 오기 전 회사는 폐업했지만, 법인 등기는 여전히 살아 있었다. 한국에 돌아간 후 세무서에 가서 영업 재개 신고를 하면 다시 사업을 할 수 있었다. 그렇지만 고민에 고민을 거듭해도 사업에 대한 확신이 들지 않았다. 자금을 확보하는 일은 둘째 치더라도, 한 번 실패했던 사업을 다시 한다는 것에 선뜻 용기가 나지 않았다.

직장을 다시 다니는 것도 생각해 보았다. 귀국을 한 달쯤 앞두고 온라인 취업사이트에서 경력직 채용 정보를 찾아보고는 일단 이력서를 써보기로 했다. 나는 그동안의 직장 경력, 교육 과정 개발과 강의 경험 등 하나둘씩 이력을 써 내려갔다. 미국에서 지낸 2년 동안의 경력 공백기는 책을 출간한 일로 메꿀 수 있을 것 같았다. 나이가 좀 걸리긴 했지만, 경력직으로 지원하는 것이니 큰 문제는 없었다.

두세 군데 기업에 이력서와 자기소개서를 제출하기 직전, 나는 다시 한 번 우리 가정의 상황을 생각해 보았다. 한국에 돌아가도 2년 전 미국에 오기 전의 상황과 크게 달라질 것이 없었다. 딸은 여전히 부모의 손길이 많이 필요한 초등학생이다. 아내는 이전과 마찬가지로 야근을 밥 먹듯 할 것이다. 내가 다시 직장에 다니면 딸은 학교에 갔다 와서 집에 혼자 있어야 한다. 하교 후 학원을 두세 군데 다닌다고 하더라도, 저녁에는 냉장고에서 반찬을 꺼내 혼자 밥을 먹어야 한다. 아무리 생각해도 이것은 우리 부부가 원하는 삶이 아니었다. 물론 시간제 보모를 구해 아이에게 따뜻한 밥상을 차려 주게 하는 방법은 있었다. 하지만 그것이 전부가 아니었다. 보모가 부모처럼 아이의 학교 생활에 관심을 가지고 아이와 대화를 나누거나 밥상머리 교육을 하는 것은 기대할 수 없었다.

아내는 귀국을 앞두고 이력서를 쓰는 내 모습을 보며 당신이 가고 싶은 직장이 있으면 지원해 보라고 격려해 주었다. 한국에서 사업을 실패한 후 힘들어하던 내 모습을 모두 지켜보았던 아내는 귀국 후 내가 다시 일할 곳이 없어서 힘들어할까 봐 걱정했다. 그러면서도 우리 둘 다 직장을 다니면 딸은 어떻게 양육해야 할지도 고민했다. 결국, 나는 이력서만 열심히 쓰고서는 어느 곳에도 지원하지 않았다. 대신 한국에 돌아가서 진로를 다시 고민하기로 했다.

아이 수학 학원을 알아보다

2015년 5월, 2년 만에 온 한국은 낯설었다. 미국에 가기 전보다 더 뿌옇게 변한 서울의 하늘은 그렇지 않아도 심란한 내 마음을 더 답답하게 했다. 불과 며칠 전까지 매일 보았던 미국 남부의 파란 하늘이 이토록 그리워질 줄 몰랐다. 또 거리를 지나다니는 사람들의 얼굴은 한결같이 무표정이었다. 미국에서는 지나가는 사람과 눈만 마주쳐도 가볍게 인사를 나누었는데, 한국 사람들은 그런 여유가 전혀 없는 듯 보였다. 아내는 시차에 적응할 겨를도 없이 귀국한 다음 날부터 출근했다. 아내와 나는 딸을 바로 초등학교에 전입시키지 않고 일주일 동안 집에서 적응하는 시간을 가지기로 했다.

그런데 막상 한국에 돌아오니, 딸이 학교 교과과정을 따라갈 수 있을지 조금 염려되었다. 하루는 딸에게 선생님이 수업시간에 하시는 말씀이 잘 이해되는지 물어보았다. 딸은 다른 과목들은 괜찮은데 수학이 잘 이해가 안 된다고 했다. 미국에서 배웠던 것보다 어렵다면서 수학 학원에 다녀 보고 싶다고 했다. 사실 미국은 초등학교 수학 교과과정이 한국보다 훨씬 쉽다. 그래서 한국에서 부모를 따라 미국에 온 아이들은 대부분 미국 아이들보다 수학을 잘한다. 한국 학교에서 지극히 평범했던 아이가 미국 학교에서 천재 소리를 듣는 경우도 흔하다. 딸도 미국 학력 평가에서 수학 성적이 상위 5퍼센트 안에 들었고, 듀크대학교의 영재 발굴 프로그램에 참여하기도 했다.

며칠 뒤 나는 동네에 딸이 다닐 만한 수학 학원이 있는지 알아보았다. 몇 군데 학원을 돌아다닌 후, 한 수학 학원에 딸을 데리고 가 반 배치 시험을 보게 했다. 시험 결과 우리 아이는 같은 학년의 여섯 개 등급 반 중에서 가장 등급이 낮은 반에 입학할 수 있다는 평가를 받았다. 어느 정도 예상했던 결과였다. 학원에서는 매월 향상도 시험을 보는데, 그 결과에 따라 다음 달에 한 단계 높은 반으로 갈 수 있다고 했다. 실제로 학원 벽에는 전월보다 높은 등급의 반으로 가게 된 아이들과 반대로 낮은 등급의 반으로 떨어진 아이들의 이름이 붙어 있었다.

그런데 그 명단을 보는 순간 마음이 불편했다. 이렇게까지 서로가 서로를 의식하며 경쟁하게 만들어야 하는지. 설령 그렇게 해서 아이들의 실력이 향상된다고 하더라도, 서로를 비교하고 경쟁시켜 우월감이나 좌절감을 주는 학원의 방침이 마음에 들지 않았다. 아이들이 세상을 살아가는 데 있어 실력보다 더 중요한 인성과 사회성에 이런 방식이 얼마나 좋지 않은 영향을 미치는지 나는 학창시절 학원에 다니면서 경험했다.

학원을 나오면서 딸에게 이 학원을 다니고 싶은지 물어보았다. 딸은 쭈뼛거리면서 대답하지 않았다. 아이 표정으로 짐작하건대 마음이 상한 것 같았다. 결국, 학원을 보내지 않기로 했다. 대신 서점에 가서 아이의 수준에 맞을 법한 수학 문제집을 사 주었다. 그리고 주말에 나와 아내가 번갈아 가며 수학 공부를 봐주었다. 그런데 한 달 정도가 지나니, 딸을 직접 가르친다는 것이 쉽지 않았다. 아이의 눈높이에 맞게 설명하는 것이 너무 어려웠다. 나와 아내는 상의 끝에 딸을 가르치는 것을 그만뒀다. 대신 딸에게 모르는 문제는 학교에 가서 쉬는 시간에 선생님께 물어보는 게 어떻겠냐고 제안했다.

내가 경험한 사교육의 장단점

나는 사교육의 긍정적인 측면을 부정하지는 않는다. 사교육을 통해 부족한 부분을 보완하고 실력을 향상할 수 있다. 학교에서 배우는 것보다 더 많은 것을 알고자 하는 욕구가 있다면 사교육을 통해 그 욕구를 충족시킬 수 있다. 하지만 자녀의 인성에 부정적인 영향을 끼치는 방식의 사교육이나, 부모의 허리가 휠 정도로 비싼 사교육, 특히 자녀가 감당할 수 없을 만큼 과도한 사교육은 오히려 역효과를 불러올 수 있다. 나의 고등학교 동문 중에 초등학생인 아이를 영재고등학교에 보내려고 고등학교 수학과 과학을 선행 학습 시키는 친구가 있다. 그의 아내는 매일 밤 10시에 아이를 데리러 학원 앞으로 간다. 그런데 아이는 학원 수업이 끝난 후에도 쉴 수가 없다고 한다. 학원 숙제를 하느라 밤 12시 전에는 잠을 못 잔다고 했다. 그러면서도 아이의 엄마는 아이가 수면 시간이 부족해서 또래보다 키가 작은 것 같다며 방학 때 성장호르몬 주사를 맞힐 거라고 했다. 그 이야기를 듣자니 아이가 너무 가엾게 느껴졌다.

사실 난 고등학교 3년 동안 사교육을 많이 받았다. 내가 가고자 했던 대학은 학교 내신, 대학수학능력시험, 대학별 본고사 성적을 모두 합산해서 신입생을 뽑았다. 내신뿐만 아니라, 수능과 본고사를 함께 준비해야 했다. 수능을 대비하기 위해 과학탐구와 사회탐구 학원에 다녔고, 본고사를 대비하기 위해 논술 학원, 영어 학원, 수학 학원, 제2외국어 학원에 다녔다. 이렇게 많은 학원을 다녔지만, 그렇다고 부모님이 내게 학원에 다니라고 강요하신 적은 없었다. 소위 강남 8학군에 속해 있는 고등학교에 다니면서 분위기에 휩쓸려 내가 스스로 학원을 여러 군데 다녔었다. 또 친구들 대부분이 그렇게 학원을 여러 곳 다녔기 때문에 그때는 그것이 당연한 줄 알았다. 하루에 보통 학원 두 군데를 갔다가 집에 오면 자정이 넘었고, 주말에도 학원에 다니느라 쉬질 못했다. 내가 원해서 다녔던 것이니 누구에게 불평할 수도 없었다.

그런데 몸이 피곤한 것보다 더 힘들었던 것은 학원에서 성적 때문에 스스로를 남들과 계속 비교하면서 열등감과 패배감을 느끼는 것이었다. 학원을 그만 다니고 싶은 적도 많았다. 하지만 학원을 그만두면 성적이 떨어질 것 같은 막연한 불안감 때문에 그만두지도 못했다. 지금 생각하면 학원의 '불안 마케팅'도 내가 학원을 끊지 못했던 데 한몫했던 것 같다.

지금 딸아이는 희영(가명)이라는 친구가 다니는 수학 학원에 다닌다. 희영이와는 초등학교 5학년 때 같은 반이었는데 6학년 때 서로 다른 반이 되었다. 그러자 딸이 희영이를 학원에서라도 만나고 싶다며 그 학원에 보내 달라고 했다. 학원에 다니고 싶은 이유가 공부와는 전혀 상관없었다. 하지만 이런 마음으로 학원에 다니는 것이 내가 학창 시절 학원에 다닐 때 스트레스를 받으며 다녔던 것보다는 훨씬 더 낫겠다는 생각이 들었다. 그래서 나는 딸을 그 학원에 등록시키던 날 원장 선생님에게 특별히 부탁했다. 성적은 오르지 않아도 상관없으니 희영이와 같은 반에 배치해 달라고.

프리랜서로 시작한 인생 후반전

한국에 돌아온 지 얼마 지나지 않았을 때 친한 선배에게 전화가 왔다. 벤처기업의 임원이었던 선배는 자기 회사에서 헤드헌터를 통해 경영관리팀장을 뽑을 계획인데 내 생각이 났다면서 같이 일해 볼 생각이 없냐고 물어봤다. 선배의 제안을 받자 마음이 흔들렸다. 어쩌면 이번이 내가 직장에 다닐 수 있는 마지막 기회일지도 몰랐다. 또 한편으로는 너무 오랜 시간 조직 생활을 하지 않아서 과연 내가 직장생활을 잘할 수 있을지 걱정이 되기도 했다.

퇴근하고 집에 돌아온 아내에게 선배의 제안을 이야기했다. 내가 만약 직장을 다시 다닌다면 이번이 좋은 기회라는 생각이 든다고 말했다. 또 직장에 다니든, 사업을 다시 하든, 아니면 전업주부의 삶을 살든 인생 후반전의 방향을 결정해야 할 시간이 된 것 같다고 말했다. 나는 아내에게 어떤 결정을 하는 것이 최선일지 물어보았다. 아내는 그날 잠자리에 들기 전

나에게 말했다.

"당신이 원하는 삶을 사는 게 내가 가장 원하는 삶이에요."

선배의 제안을 받았던 날 밤, 내가 원하는 삶이 무얼까 고민했다. 그런데 만약 다시 직장을 다니게 된다면 내 삶은 내가 원하는 방향이 아닌 원치 않는 방향으로 나아갈 것 같았다. 예를 들면, 딸이 학교에 갔다가 집에 왔을 때 아무도 맞아 주는 사람이 없는 상황이 나는 싫었다. 아빠와 엄마가 퇴근할 때까지 아이가 학원에서 시간을 보내는 것은 더더욱 싫었다. 아이가 집에 왔을 때 잘 다녀 왔냐며 아이를 안아 주고, 학교에서 있었던 일에 관한 이야기를 들어주며, 아이와 심리적·정서적 친밀감을 형성하는 것이 내가 원하는 스스로의 모습이었다.

부모로부터 넉넉한 관심과 사랑을 받으며 자라난 아이가 남을 배려하고 자신을 존중할 줄 아는 자존감 높은 사람이 되는 것은 자명하다. 실제로 자녀 양육에 관한 많은 연구 결과들을 보면, 부모와 함께 있는 시간이 많은 아이가 그렇지 않은 아이들보다 정서적으로 안정감을 느끼고 자존감이 높다는 것이 나타났다. 내가 만난 교육 전문가들도 한결같이 자녀가 부모와 함께 보내는 시간이 중요하다고 강조했다.

또한, 아내가 퇴근 후 집에 돌아와 지친 몸으로 집안일을 하는 것도 싫었다. 만약 내가 다시 직장을 다닌다면 아내보다 늦게 퇴근하는 날도 많을 것이었다. 그러면 아내는 퇴근 후에 쉬지도 못하고 집안일을 할 것이 뻔했다. 그렇지 않아도 직장에서 정신적·육체적으로 에너지가 고갈된 아내에게 집안일을 하도록 하는 것은 아내에게 너무 가혹한 일 같았다. 그렇다고 내가 사회생활을 하지 않고 집안일만 하면서 무기력하게 하루하루 지내는 것도 싫었다.

이런 생각들이 꼬리에 꼬리를 물고 이어지다 보니, 다시 직장에 다니는 것이 내키지 않았다. 다음 날 나는 선배한테 전화를 걸어 내가 가사와 육아에 신경을 써야 하는 우리 집 사정을 이야기하며 선배의 제안을 정중히 거절했다.

선배의 제안은 거절했지만, 그 후 며칠 동안 내 결정이 옳은 것인지 확신이 서지 않아 마음이 무거웠다. 내가 집안일만 하면서 무기력하게 하루하루를 보내게 될까 걱정스럽기도 했다. 긴 고민 끝에 나는 집안일을 하면서 책을 쓰고, 딸을 돌보면서 틈틈이 강의하는 프리랜서의 삶을 살기로 결정했다.

02

SNS 인맥
거지가 되다

SNS의 족쇄를 풀다

예전에 직장을 다닐 때나 사업을 할 때는 다른 사람들의 시
선에 신경을 많이 썼다. 내가 상대방에게 괜찮은 사람처럼 보
이기 위해 가식적인 이미지를 만들었던 때도 있었다. 전문가
이미지를 풍기기 위해 실제보다 더 많이 아는 척을 했다. 실
전에서 리더십을 발휘해 본 경험이 부족했던 내가 조직에서
잔뼈가 굵은 기업 임원들을 대상으로 리더십 강의를 하기도
했다. 또 신문이나 잡지에 기고한 칼럼이나 기업체에서 강의
하는 모습을 찍은 사진을 페이스북과 블로그, 카카오톡 프로

필 사진에 올리며 스스로를 홍보했다. 만약 지금처럼 유튜브가 대세였다면, 나는 강의하는 내 모습을 찍은 영상을 꾸준히 유튜브에 올리며 '구독'과 '좋아요' 버튼을 눌러 달라고 부탁하는 유튜버가 됐을지도 모른다.

그런데 어느 날, 내 일상에 거치적거리는 것들이 무엇인지 생각해 보게 되었다. 제일 먼저 생각난 것이 바로 SNS였다. SNS를 하는 시간이 많아질수록 삶의 질은 오히려 떨어지는 기분이었다. 페이스북에 올린 게시물에 댓글이 달렸는지, 누가 '좋아요' 버튼을 눌렀는지 궁금해서 화장실에 갈 때도 운동을 할 때도 자기 전에도 자꾸만 스마트폰을 들여다보았다. 심지어 가족들과 같이 밥을 먹을 때도 스마트폰을 보며 페이스북 친구들의 게시물을 읽곤 했다. 이렇게 SNS에 과도하게 의존하다 보니, 예전 같으면 직접 만나서 이야기를 나눴을 사람들과도 카카오톡이나 문자메시지로 의사소통하는 것이 익숙해지기 시작했다. 게다가 다른 사람들의 페이스북 게시물에 습관적으로 댓글을 달고 '좋아요' 버튼을 누를 때마다 상대방과 진정성 없이 교류한다는 느낌마저 들었다.

SNS 중독 위험 수준에서 정신을 차리고 내 삶을 되돌아보았다. 나는 이제 직장인도 아니고 그렇다고 완전한 전업주부도 아닌, 문지방에 서 있는 듯한 어정쩡한 처지였다. 이런 상황에서 지나친 SNS 활동은 나에게 부정적인 영향만 끼칠 뿐이었다. 예컨대 나는 SNS를 통해 다른 사람들의 승진, 학위

취득, 교수 임용 소식 등을 접할 때마다 축하하는 마음이 들지 않았다. 그들이 인간적으로 싫었기 때문이 아니었다. 왕성하게 사회생활을 하는 그들과 내 자신의 모습이 비교가 됐기 때문이다. 다른 사람과 비교하면 할수록 나 자신의 모습이 더 초라하게 느껴졌다. 차라리 남들이 어떻게 사는지 모르는 것이 내 정신건강에는 나았다. 더는 직장을 다니지 않는 상황에서 SNS에서만 메시지를 주고받는 사람들과의 관계는 좀 정리할 필요가 있었다.

인간관계를 다시 생각하다

하루는 곰곰이 생각해 보았다. 내 휴대전화에 연락처가 있는 사람들 가운데, 내가 어려울 때 나를 기꺼이 도와줄 사람이 몇 명이나 될까? 실제적인 도움이 아니더라도 내게 진심어린 위로와 용기를 줄 수 있는 사람은 얼마나 있을까? 스무 명? 열 명? 아무리 생각해도 다섯 명이 넘지 않았다. 그렇다면 내가 마음을 터놓고 이야기할 수 있는 사람들 외에 SNS란 가면을 쓰고 맺은 관계들은 정리하는 것이 좋겠다는 생각이 들었다. 직접 얼굴을 보는 것이 불편해서 SNS에 의존해 소통했던 관계도 줄이자는 생각이 들었다. 그렇게 인간관계를 좀 단순화하여 관계의 넓이보다 깊이에 신경을 쓰고 싶어졌다. 온라인상에서의 의사소통은 줄이고 오프라인에서 직접 만날 수 있는 사람들을 중심으로 관계를 다시 정립하는 것이 내게 필요했다.

　나는 우선 5년 넘게 직접 얼굴을 맞대고 대화해 본 적이 없는 사람들의 연락처를 스마트폰에서 삭제했다. 카카오톡 친구 목록에서도 삭제했다. 그런 다음 스마트폰 의존증의 주요 원인이었던 페이스북 계정을 삭제했다. 페이스북을 탈퇴하고 나니 스마트폰을 보는 시간이 한 시간 이상 줄었다. 그렇게 확보된 시간을 가족과 더욱 농밀하게 보내려고 했다. 저녁을 먹고 스마트폰에서 온라인 친구들을 만나는 대신, 내 진짜 친구인 딸과 함께 놀이터에 가서 배드민턴을 치며 놀았다. 주말에는 스마트폰을 집에 둔 채 아내와 함께 공원을 산책했다. 이처럼 스마트폰에 몰입했던 시간을 가족에게 투자하면서 우리 집의 분위기는 이전보다 더욱 밝아졌다. 스마트폰을 내려놓고 가족에게 다가가면 갈수록 아내와 딸을 향한 관심과 애정도 더 깊어졌다. 아내의 얼굴이 이십 대 때 못지않게 아름답게 보였고, 딸이 하는 한 마디 한 마디에 더욱 귀를 기울이게 되었다.

　SNS 인맥을 정리한 후 나타난 삶의 변화가 또 있다. 바로 이웃의 개념과 범위가 달라진 것이다. 아파트 엘리베이터에서 마주칠 때마다 안부를 나누는 옆집 부부가 스마트폰으로 문자만 주고받는 친구보다 더 가까운 이웃이 되었다. 또 재활용 분리수거를 하면서 경비아저씨와 이야기를 나누는 것이 소소한 즐거움이 되었다. 그분의 삶의 연륜에서 우러나오는 말씀들이 자기계발서에서 얻을 수 있는 인생 교훈보다도 실제적으로 다가왔다.

주말에 가족과 함께 종종 밥을 먹으러 갔던 식당의 매니저와도 소중한 인연이 되었다. 그녀와 우리 가족은 서로 안부를 물을 정도로 친근해졌다. 그녀는 우리에게 자주 아이스크림을 공짜로 줬고, 우리도 식사를 마치면 그릇들과 포크, 나이프, 컵 등을 한곳에 정리해서 테이블을 정리하기 쉽게 해놓고 나왔다. 어느 날 식사를 마치고 나오는데 그녀가 급하게 따라나와 내일부터 다른 곳에서 일한다며 작별 인사를 했다. 나는 그때 그녀의 표정에서 헤어짐을 아쉬워하는 마음을 느꼈다. 우리 부부도 그녀와의 이별이 오랜 이웃과 헤어지는 것처럼 섭섭했다.

사랑의 마지막 보루

가정은 모든 인간관계의 출발점이자 가장 중요한 관계다. 이는 가족 외의 사람들과의 관계는 중요하지 않다는 말이 아니다. 이웃에게 관심을 두고 소외된 이들을 돕는 것은 우리 부부가 추구하는 삶의 목표 중 하나다. 실제로 이 목표를 지키기 위해 결혼 후 지금까지 가계 소득의 일부를 기부해 오고 있다.

다만 가정에서 남편의 역할과 부모의 역할은 시기를 놓치면 뒤늦게 후회해도 소용이 없다는 것을 강조하고 싶다. 자녀에게 충분한 애정을 주어야 할 때를 놓쳐 두고두고 후회하는 아빠들이 많다. 얼마 전 이런 기사를 보았다. 아이들이 아빠를 필요로 하는 시기에 아빠 노릇을 제대로 하지 못하면, 아이들이 컸을 때는 이미 아빠의 자리가 사라진고 난 뒤라는 것이다. 부끄러운 고백이지만 사실 나도 직장 다닐 때는 바쁘다는 핑계로 아빠와 남편으로서의 역할을 제대로 하지 못했다. 한 마디로 가정적인 남자가 아니었다. 계속 그렇게 살았더라면 우리 가정에서 내 자리는 지금쯤 없어졌을 것이다.

일 때문에 정신이 없어서 가정을 소홀히 했다는 것이 핑계가 될 수 있을지는 모른다. 하지만 그로 인해 발생하는 참혹한 결과들, 예를 들어 별거와 이혼, 자녀의 폭력성이라든가 정서불안, 분노조절장애와 같은 가정의 상처는 치유하기가 힘들다. 소위 '중2병'을 앓는 사춘기 아들을 둔 친구가 있다. 이 친구는 퇴근하고 집에 돌아온 자기를 보고도 아들이 본척만척하고 대화도 하지 않으려는 것을 보고 충격을 받았다고 했다. 보기에 딱하지만, 누구를 탓하랴? 이렇게 자녀가 부모와 정서적으로 멀어지고 부모에게 반항하게 되는 원인은 보통 부모에게 있다. 실제로 자녀와의 갈등으로 힘들어하는 친구들을 보면 공통점이 있다. 가사와 육아의 책임을 모두 아내에게 떠넘기고 아이들에게 충분한 사랑을 표현하지 않았다는 것이다. 자녀들과의 관계를 위해, 아내와의 관계를 위해 투자하는 시간이 절대적으로 부족했다.

예전에는 한국인들이 미국인들보다 자녀들에게 더 애정이

많고 가정을 더 중시한다는 편견이 있었다. 우리나라 부모들의 높은 교육열을 자녀에 관한 관심과 애정이라고 생각해서 그랬던 것 같다. 또 미국인들은 개인주의 성향이 강하기 때문에 부모들이 자녀들을 방치하면서 키우지 않을까 추측했었다. 그런데 미국에서 살면서 생각이 바뀌었다. 내가 경험한 미국은 우리나라보다 더 가정 중심적인 사회였다. 미국 아이들은 고등학교를 졸업하면 대부분 부모에게서 독립하지만 그전까지는 부모의 철저한 보호 속에 양육을 받는다. 직장을 다니는 부모들도 특별한 일이 아니면 저녁은 집에서 아이들과 함께 먹는다. 자녀 학교 행사에 부부가 함께 참석하는 것이 일반적이다. 심지어 직장을 다니는 아빠가 아이가 다니는 초등학교에 와서 함께 점심을 먹는 모습도 심심치 않게 볼 수 있다.

가수 윤복희의 〈여러분〉이란 노래가 있다. 이 노래에는 '내가 만약 외로울 때면 누가 나를 위로해 주지'라는 가사가 있는데, 나는 이 가사를 들을 때 가끔 눈시울이 뜨거워진다. 아내와 딸에 대한 고마운 마음이 북받쳐 올라서 그렇다. 아내와 딸이 내 곁에 있는 것만으로도 그것이 얼마나 감사한 일인지를 깨달았기 때문이다. 내가 사업에 실패하고 힘들어할 때, 또 통제하기 힘든 감정으로 며칠을 집에 틀어박혀 무기력한 시간을 보낼 때 나를 진심으로 안아 주고 위로해 준 사람은 아내와 딸이었다.

03

아이 교육은
아빠가 책임진다

강점을 살리는 교육

"아빠, 성적 통지표 받아왔어!"

딸이 중학생이 되고 나서 처음 받은 성적 통지표를 내게 내밀었다. 전 과목의 성취도가 'A'였다. 사실 여름방학이 시작되기 전부터 딸의 성적이 궁금하긴 했다. 중학교 성적 통지표는 교과별로 수행평가와 지필 평가 결과가 합산된 성취도와 점수, 과목 평균, 표준편차가 기재된다. 초등학교 생활 통지표와 달리 교과별 자녀의 강점과 약점을 정량적인 데이터로 볼수 있다.

딸은 과학 수행평가에서 약간 감점을 받을 것을 빼고는 대부분 과목에서 만점을 받았다. 딸의 성격이 워낙 적극적이라 수행평가 점수는 좋을 것으로 예상했다. 그리고 기말고사를 한 달 여쯤 앞두고 스스로 학습 계획을 세워 공부하는 모습을 보면서 지필 평가 점수도 나쁘지 않을 거라 예상했다. 이렇게 잔소리하지 않아도 자기가 세운 목표를 달성하기 위해 알아서 노력하니, 부모로서 정말 고맙고 대견할 뿐이었다.

딸이 초등학교에 입학한 후 나 스스로 다짐한 것이 있었다. 자녀의 일에 일일이 간섭하지 말자는 것이었다. 아이에게 이래라저래라 통제하는 부모가 되지 않으리라 결심했다. 딸에게 자율성을 최대한 주고 싶었다. 대신 자신의 자율적인 행동의 결과에 대한 책임만은 철저하게 지게 하려고 했다. 아만다 리플리(Amanda Ripley)의 《무엇이 이 나라 학생들을 똑똑하게 만드는가》에 나오는 표현을 빌리자면, 권위형(authoritative) 부모가 되고 싶었다. 저자 아만다 리플리는 권위형 부모의 특징을 다음과 같이 말하였다. 권위형 부모는 아이들에게 관심이 많고 따뜻하게 대하며 아이들이 스스로 원하는 일을 할 수 있도록 자유를 부여하지만, 아이들이 지켜야 할 규칙은 엄격하게 정한다는 것이다. 이와 관련해 하버드대 교육대학원 조세핀 김(Josephine M. Kim.) 교수는 《우리 아이 자존감의 비밀》이란 책에서 권위형 양육 스타일의 부모 밑에서 자란 아이들이 독재형이나 방임형 스타일의 부모 밑에서 자란 아이들보다 사회성이 발달하고 학업 성취도가 높다고 하였다.

나는 성적표를 본 후 딸에게 그동안 열심히 노력한 대가를 얻게 된 것을 축하해 주었다. 그리고 다음 날부터는 일부러 딸의 성적에 관심 없는 척했다. 혹여나 부모가 성적에 큰 가치를 둔다는 그릇된 신호를 줄까 봐 조심했다. 다만 딸이 과학 실험 평가에서 감점을 받은 것을 안타까워할 때, 나는 반대로 딸이 영어를 잘하는 것이 앞으로 사는 데 얼마나 큰 도움이 되는지 알려 주었다. 우리 아이가 자신의 약점보다 강점에 집중하는 삶을 살기 바랐기 때문이다.

대개 약점을 극복하면 성취감을 느끼게 된다. 앞으로 더 큰 난관도 이겨낼 수 있다는 자신감을 얻기도 한다. 그런데 마흔이 지난 지금 나 자신을 돌아보니, 약점을 보완하려고 아등바등하는 것보다 강점을 살리기 위해 더 많은 시간과 에너지를 쏟았으면 어땠을까 하는 아쉬움이 든다. 약점을 지나치게 신경 쓰면 자신의 강점이 무엇인지 발견하기가 쉽지 않다. 게다가 약점에 몰입하면 열등감과 같은 부정적인 감정에 휩싸여 일상의 행복을 느낄 여유마저 없어질 수 있다. 또한 어떤 약점 때문에 평소에 열등감을 느껴 왔었다면, 그 약점을 극복한다 하더라도 '우월감'이라는 낮은 수준의 자기 긍정 형태로 또 다른 부정적인 감정이 생겨날 수 있다.

내 주변의 학령기 자녀를 둔 부모들을 보면, 자녀의 강점보다 약점에 더 집중하는 경향이 있다. 혹시 우리 아이가 남들에게 뒤처지면 어떡하나 하는 막연한 불안감도 약점에 집착하는 데 한몫할 것이다. 하긴 우리나라 입시에서는 모든 과목을 잘해야지만 원하는 대학에 진학할 확률이 높다. 그러다 보니 자연스레 부족한 과목에 신경을 쓸 수밖에 없는 것도 이해가 되지 않는 것은 아니다.

나도 미국에서 살기 전까지는 딸의 강점보다 약점이 눈에 더 들어왔다. 그런데 미국에서 아이를 키우면서 자녀 교육에 관한 생각이 조금씩 바뀌었다. 무엇보다 아이의 건강한 자존감과 행복감이 인성에 미치는 영향이 크다는 것을 알게 됐다. 건강한 자존감과 행복감은 긍정적인 자아상을 가지고 자신의 강점을 발휘하며 살 때 얻을 수 있다. 내가 미국에서 만났던 학부모 대부분은 자녀들을 남과 비교하지 않고, 자녀가 이룬 작고 사소한 성취에도 크게 감동한 표정으로 자녀들을 칭찬했다.

언어와 리더십이 강점인 딸

딸의 중학교 첫 성적표를 본 후 더 확실히 느낀 사실이지만, 딸은 언어에 강점이 있었다. 딸은 어렸을 때부터 영어와 중국어 등 외국어에 흥미를 보였다. 반면 과학에는 별로 흥미가 없었다.

나는 딸이 흥미를 느끼지 못하는 분야는 가능하면 스트레스를 주지 않으려고 했다. 과학 성적을 올리기 위해 과외를 시키거나 학원에 보내지 않았다. 대신 딸이 흥미를 느끼는 영어를 좀 더 재미있게 접할 수 있도록 도와주었다. 유튜브에서 '위베어베어스(We Bare Bears)'와 같은 애니메이션을 찾아 보여 주었다. 최근에는 유튜브 채널 '아란 TV'를 같이 보면서 영어를 재미있게 배우고 있다.

딸의 또 다른 강점은 리더십이었다. 딸의 초등학교 생활 통지표의 행동특성란을 보면 매 학기 다음과 같은 내용이 적혀 있었다. 친구들을 존중할 줄 알고, 매사에 적극적이며, 모둠 활동을 잘 이끄는 재능이 있다는 것이었다. 딸이 집에 와서 학교에서 있었던 일이나 친구들 이야기를 하는 것을 들을 때마다 나도 우리 아이에게 리더십이 있음을 느꼈다. 그리고 이런 리더십의 성향을 잘 키워 주는 것이 부모의 역할이라고 믿고 실천하려고 노력했다.

하지만 딸이 초등학교 고학년 때부터 학급회장 선거에 나가겠다고 할 때마다 다소 고민이 되었다. 학급회장이나 부회장을 하면 리더십을 배울 좋은 기회가 되지만, 우리 집 형편상 걱정스럽기도 했다. 자녀가 학급회장이나 부회장이 되면 관행적으로 그 아이의 엄마가 학부모회 학급 대표를 맡기 때문이었다. 학부모회 학급 대표는 이런저런 활동을 해야 하는데, 아내는 직장 때문에 그럴 수 없었다.

아빠와 엄마의 고민을 아는지 모르는지, 딸은 초등학교 5학년 때부터 매년 학급회장이나 부회장이 되었다. 딸이 중학교

1학년 때 학급회장이 되었을 때도 나는 기쁘면서도 한편으로
는 고민이 되었다. 딸의 학교에서는 학급별로 일주일간 매일
두 명의 학부모가 급식 지도 봉사를 했다. 학급회장의 엄마
인 아내가 학부모회 학급 대표가 되어 반 엄마들에게 연락해
서 급식 봉사 당번을 정해야 했다. 하지만 아내는 직장 때문
에 학부모 총회조차 참석하지 못했고, 아이 반 엄마들의 연락
처도 몰랐다. 몇몇 학부모들이 자발적으로 봉사 당번을 지원
했지만 그래도 당번 인원이 부족했다.

하는 수 없이 바쁜 아내를 대신해 내가 학교에 가서 세 차례
급식 봉사를 하겠다고 지원서를 썼다. 그런데 딸은 여태까지
아빠들이 급식 지도를 한 경우가 없었다며 은근히 엄마가 와
주기를 바라는 눈치였다. 딸의 마음이 충분히 이해됐다. 다
른 아빠들은 모두 직장에서 일할 시간에 아빠가 앞치마를 두
르고 급식실에서 테이블을 정리하는 모습을 친구들에게 보여
주기 싫은 것은 그 나이에 당연했다. 결국, 아내가 직장 점심
시간에 밥을 먹지 않고 택시를 타고 학교에 와서 급식 봉사를
했다. 아이가 학급 임원이 되면 부모가 덩달아 학교를 위해
감당해야 할 일들이 있지만, 학급 임원은 아이가 리더십을 키
우는 데 좋은 훈련이 되는 것은 사실이다.

아빠의 인성 교육

모든 부모가 마찬가지겠지만, 나도 우리 아이가 지성과 인

성이 균형 잡힌 사람으로 자라길 바란다. 남을 배려하고 관용을 베푸는 사람이 되길 진심으로 원한다. 그래서 지금껏 딸을 키우면서 배려, 관용, 겸손, 정직, 사랑과 같은 가치들을 심어주기 위해 노력해 왔다. 딸이 초등학교 5학년을 마치고 봄 방학을 하던 날의 일이다. 그동안 한 번도 그런 적이 없었는데, 그날은 학교를 마치고 엉엉 울면서 집에 온 것이었다. 깜짝 놀라 무슨 일인지 물었다. 사연인즉슨 6학년 반 배정을 받았는데 같은 반 여자 친구들 중에서 라헬(가명)하고만 같은 반이 됐다는 것이었다. 다른 여자 친구들은 모두 자기와 다른 반이 됐다며 너무도 슬프게 울었다.

라헬은 주한 I국 대사관으로 파견을 온 부모님과 함께 한국에 온 외국 여자아이였다. 이슬람 국가에서 온 라헬은 한국말을 못했다. 단지 영어로 기초적인 의사소통만 가능한 상태였다. 학기 초 담임선생님과 학부모 상담을 할 때 선생님이 하셨던 말씀이 생각났다. 선생님은 우리 딸이 영어를 잘하기 때문에 라헬의 짝으로 정해 통역 역할을 맡겼다고 했다. 추측건대 선생님이 라헬이 상급 학년에 가서도 잘 적응할 수 있도록 딸과 같은 반으로 배정하신 것 같았다. 그러나 딸은 영어로 대화해야 하는 라헬과만 같은 반이 된 것이 무척 속상한 모양이었다. 나는 우는 딸을 꼭 안아주었다. 그리고 딸이 울음을 그칠 때까지 기다린 후에, 딸이 미국 학교에서 겪었던 이야기를 꺼냈다.

"미국 학교에 처음 등교한 날 기억나지? 그때 짝꿍인 켈리가 먼저 말도 걸어 주고 밥 먹을 때 옆에 같이 있어 줬잖아. 켈리가 도와주지 않았다면 미국 학교에 적응하기 힘들었을 거야. 마찬가지로 우리 딸이 라헬을 도와주지 않으면 라헬은 6학년 올라가서 학교생활이 힘들 수 있어."

딸은 잠시 고민하는 듯한 표정을 짓더니 언제 울었냐는 듯 웃으며 말했다.

"맞아! 라헬이 아직은 한국말을 잘하지 못하니깐 6학년 때도 내가 필요할 거야."

그렇게 딸은 6학년 때도 라헬의 통역 도우미로 라헬의 학교생활을 도와줬다. 라헬은 학년이 끝날 즈음엔 한국말을 대부분 알아듣게 되었다.

이와 같은 자녀 교육의 노력이 열매를 맺고 있음을 확인한 적이 있었다. 바로 딸의 중학교 학교생활기록부를 봤을 때였다. 요즘은 학부모가 학교에 직접 찾아가지 않더라도 인터넷 〈나이스 학부모서비스〉에서 자녀의 성적, 출결, 학교생활기록부 등을 열람할 수 있다. 내가 이 사이트에서 가장 관심 있게 본 항목은 담임선생님이 학생들을 일 년 동안 관찰하면서 쓴 행동특성 및 종합의견이었다. 이 항목은 학년이 바뀐 후에 열람할 수 있어서, 딸이 중학교 2학년에 올라간 후 1학년 때 담임선생님이 쓰신 내용을 봤다. 행동특성 및 종합의견란에는 다음과 같은 내용이 적혀 있었다.

'소외되고 외로운 친구들을 보호하고 관심을 갖고 도와줄 것이라는 선거 공약을 변함없이 지키려고 노력하는 모습이 대견하고 훌륭함.', '인성면과 지성면 모두 매우 우수한 학생으로서 장래가 크게 기대되는 바임.'

물론 대부분의 선생님들이 생활기록부에 좋은 말을 써주시고자 하는 경향이 있다는 것을 안다. 아무래도 생활기록부는 평생 남는 기록이기 때문에 그럴 것이다. 그래도 이런 글을 보니 내가 딸을 제대로 된 방향으로 키우고 있다는 확신이 들어 마음이 흐뭇했다.

부모의 일거수일투족이 중요한 이유

아이들은 부모의 모든 말과 행동을 보고 배우며 자란다. 부부가 서로 사랑하고 존중하는 모습을 보여주는 것이 가장 좋은 자녀 교육이라는 말도 있다. 실제로 부모가 서로 사랑하고 존중하면 집안 분위기는 자연스레 화목해진다. 화목한 가정에서 자란 아이들이 그렇지 않은 아이들보다 더 큰 행복과 안정감을 느끼는 것은 너무도 당연하다. 그래서 나는 자녀 교육의 일환으로 매일 아침 출근하는 아내와 포옹하고 뽀뽀하는 모습을 딸에게 보여 준다. 물론 딸에게 보여 주기 위해서 그렇게 하는 것만은 아니다.

이밖에도 우리 부부는 딸에게 모범을 보이기 위해 몇 가지 노력을 하고 있다. 내가 무료로 강연하는 곳에 딸을 데려가 재능 기부의 의미를 가르치는가 하면, 우리 부부가 비영리기관에 십 년 넘게 매월 후원금을 보내는 것을 딸에게 알려 주기도 했다. 또한, 아무리 편한 가족 간이라도 상대가 원하지 않는 것은 되도록 하지 않음으로써 배려가 무엇인지를 가르치고 있다. 예를 들면 이런 것이다. 우리 딸은 어렸을 때부터 북엇국 냄새를 무척 싫어했다. 북어채도 냄새 때문에 못 먹는다. 반면 우리 부부는 뽀얀 북엇국에 밥을 말아 먹는 것을 좋아한다. 내가 신혼 때 아내에게 가장 많이 해주었던 음식도 북엇국이었다. 그럼 이렇게 우리 가정처럼 부모는 북엇국을 좋아하고 아이는 싫어하면 어떻게 해야 할까? 몸에 좋은 음식이니 아이에게 먹으라고 해야 할까? 예전엔 한두 번 그렇게 했었다. 하지만 우리 부부는 아이에게 배려가 실제적으로 무엇인지를 가르쳐 주기로 한 후부터는 그렇게 하지 않았다. 딸이 집에 있을 때는 북엇국을 끓이지 않았다. 딸이 수련회를 가거나 토요일 오전에 방과 후 수업을 하러 가고 집에 없을 때만 끓여 먹었다. 그리고 딸이 돌아오기 전에 환기를 시켜 냄새를 말끔히 제거했다. 딸은 엄마 아빠가 자기를 배려해서 그러는 것을 잘 알기 때문에, 자기도 엄마 아빠를 배려하려고 노력한다. 예컨대 우리 부부가 친구 가족을 집으로 초대해 식사할 때면, 딸은 어른들이 편하게 식사하며 대화할 수 있도록 친구네 아이들을 자기 방으로 데려가 열심히 놀아 준다.

그런데 부모로서 아이에게 항상 모범을 보이는 게 쉽지 않음을 느낀다. 작년 여름에 있었던 일이다. 학교 재량 휴교일에 딸과 함께 점심을 먹으러 외출을 했다. 집 앞 사거리를 지나가는데 도보에 한 남자가 쓰러져 있었다. 옆에 술병이 있는 것을 보아 술에 취해 누워 있는 것으로 보였다. 그 남자 옆을 지나가는 사람 중에 그를 거들떠보는 사람은 없었다. 나도 처음에는 한 번 힐끗 쳐다본 후 딸과 함께 건널목을 건넜다. 그런데 건널목을 건너면서 마음이 영 찜찜했다. 길에 쓰러진 사람을 보고 그냥 지나치는 아빠의 모습을 딸이 어떻게 생각할지 자꾸 신경이 쓰였다. 내 옆에 딸이 없었더라면 나는 모른 척하고 지나갔을지 모른다. 그렇지만 내 옆엔 딸이 있었다.

나는 다시 건널목을 건너와 쓰러져 있는 남자의 상태를 살펴봤다. 남자는 자는 것 같았지만, 혹시 심장마비나 뇌출혈로 쓰러져 있는 것일 수도 있었다. "괜찮으세요?" 여러 차례 큰소리로 말을 걸었지만 그는 대답이 없었다. 나는 바로 112에 신고를 했다. 그리고 경찰이 올 때까지 남자 옆에서 딸과 함께 서 있었다. 그리고 딸에게 말했다.

"길거리에 쓰러져 있는 사람을 보고도 지나치는 것은 좋은 행동이 아니야. 오늘 우리가 한 것처럼 경찰에 신고하거나 구급차를 불러야 해. 생명이 위급한 상황일 수도 있거든."

3분도 지나지 않아 도착한 경찰관 두 명이 경찰차에서 내려 남자에게 다가갔다. 그때 길바닥에 누워 있던 남자가 벌떡 일어나더니 술병을 들고 뚜벅뚜벅 걸어가는 것이 아닌가? 그 모습을 본 딸과 나는 어이가 없어 웃고 말았다. 내가 마치 거짓 신고를 한 것처럼 당황스럽기까지 했다. 그래도 그가 위중한 상황이 아니었던 것만은 다행이었다.

살림하는 남자에게
찾아온 위기

행복을 느꼈던 때는
스스로 가치 있다고
여긴 일을 열심히 할 때였다.

반면 그다지 가치를 느끼지 못하는 일을 할 때는 기쁨이 없었다. 살림하
는 남자에게 찾아온 위기는, 집안일을 그저 큰 가치는 없지만 하지 않으
면 찜찜한 일로 치부했기 때문인지 모른다. 하지만 생각을 바꾸어, 집안
일을 내가 사랑하는 가족들이 더 깨끗하고 쾌적한 환경에서 지낼 수 있도
록 돕는 일이라고 생각하니 집안일의 가치가 중요하게 느껴졌다.

01

추락하는 자존감에는
날개가 없다

딱히 풀 곳 없는 살림 스트레스

이십여 년 전 군복무를 할 때 나는 누가 뭐라 하지 않아도 매일 군화를 반짝반짝 광이 날 정도로 닦았다. 군복은 이틀에 한 번 꼴로 다리미로 각을 잡아 다렸다. 회사를 다닐 때에도 마찬가지였다. 내 책상 위는 언제나 깨끗했다. 퇴근할 때는 항상 출근했을 때처럼 책상 위가 깨끗이 정리정돈되어 있어야 기분이 좋았다. 집에서라고 다르지 않았다. 딸아이 책상 위에 연필, 지우개 가루, 메모지 등이 어질러져 있으면 딸이 하교할 때까지 기다리지 못하고 내가 치웠다.

이와 같은 성격은 살림할 때도 변함이 없었다. 깨끗한 것을 좋아하는 성격 탓에 집 안 청소는 매일 해야 마음이 후련했다. 세탁기는 이틀에 한 번꼴로 돌렸고, 침대 시트도 열흘에 한 번씩은 꼭 빨았다. 그런데 의외로 설거지하는 것이 스트레스였다. 집에서 삼시 세끼를 먹으면 설거지거리가 계속 나온다. 매일 세 번씩 설거지를 하자니 귀찮았다. 그렇다고 저녁을 먹은 후 한 번에 몰아서 하는 것도, 하루 종일 설거지거리가 쌓여 있는 것이 지저분해 보여 싫었다. 어떻게 하면 설거지거리를 줄일까 고민하던 중, 훈련병 시절 육군 훈련소에서 식판에다 밥을 먹었던 기억이 떠올랐다. 나는 대형할인점에 가서 철로 된 식판을 샀다. 그리고 주로 점심때 식판에 밥과 반찬을 담아 먹었다. 예상대로 설거지거리는 확연히 줄었다. 그런데 추리닝을 입고 혼자 식탁에 앉아서 식판에다 밥을 먹으니깐, 그렇지 않아도 처량하게 느껴졌던 내 모습이 더 초라해 보였다. 며칠 지나지 않아 더 이상 식판에 밥을 먹지 않았다. 그냥 싱크대에 쌓여 있는 설거지거리들을 저녁을 먹은 후 치웠다.

설거지와 관련한 얘기를 좀 더 해보겠다. 한 달에 한 번씩 우리 동네에 있는 대학병원에 진료를 받으러 오시는 어머니는 진료 후에 우리 집에서 잠깐 쉬었다 가신다. 그때마다 어머니는 설거지를 하시려고 한다. 그러면 나는 못 하시게 막는다. 어머니께 폐를 끼치고 싶지 않아서라기보다는 내가 그나마 집에서 할 수 있는 일을 다른 사람이 하면 무기력해지는 느낌이 들었기 때문이었다. 아마 설거지에 내 정체성의 일부를 투영했기 때문이었던 것 같다. 또 한편으로는 설거지를 내 손으로 해야 그 시간 직장에서 힘들게 일하는 아내에게 덜 미안했다.

워킹맘의 남편으로 살림을 하면서 알게 된 것이 있다. 살림 스트레스는 딱히 풀 곳이 없다는 것이다. 또 집안일은 아무리 열심히 해도 티가 잘 나지 않는다. 그러다 보니 집안일을 하면서 성취감이라든가 자아실현의 기쁨을 느끼는 경우는 거의 없었다. 오히려 끝도 없고 티도 안 나는 반복된 일과를 보내면서, 언제부터인가 일상에서 탈출하고 싶은 마음이 들 때가 잦아졌다. 심지어 '내가 잘하는 게 뭘까?'라는 회의감에 사로잡혀 마음이 답답할 때가 많았다. 나는 경영학을 전공했지만, 경영 능력이 부족해서 사업에 실패했다. 책은 몇 권 썼지만, 작가라고 하기에는 입에 올리기조차 민망했다. 어떤 분야의 전문가가 되려면 최소한 1만 시간을 투자해야 한다는 말이 있다. 주 40시간 일을 한다고 가정하면 대략 5년 정도 한 분야에서 꾸준히 노력해야 전문가가 될 수 있다는 얘기다. 그런데 나는 직장에서 그렇게 오랫동안 한 업무에 몰입한 적이 없었다. 직장을 진득하게 다니지 못한 것이 한스럽기까지 했다.

그래도 아내는 자괴감에 빠진 나를 항상 진심으로 위로해 주고 격려해 주었다.

"당신은 살림도 하고, 아이 교육도 책임지면서 책도 쓰니 얼마나 대단한 거예요!"

물론 아내의 위로와 격려는 나에게 힘이 됐다. 그렇지만 직장에서 한창 일할 나이에 사회적 지위를 상실함으로 인한 무기력감이 쓰나미처럼 내 감정을 휩쓸 때면, 내 자존감은 바닥이 어딘지 모를 정도로 추락했다. 아마도 주변 사람들로부터 인정받고 싶은 기본적인 욕구가 충족되지 못해서 더 그랬는지 모른다.

어느 날 설거지를 끝내고 고무장갑을 벗었는데 손등에 작은 좁쌀 같은 붉은 반점들이 퍼져 있었다. 손가락 열 마디 끝은 피부가 쭈글쭈글해진 채 며칠이 지나도 펴지지 않았다. 병명은 알레르기 접촉 피부염과 주부습진이었다. 설거지할 때 꼈던 고무장갑과 세제가 원인이었다. 피부과 의사는 내 손을 한참 쳐다보더니 직업이 뭐냐고 물었다. 직업은 주부고 부업으로 책을 쓴다고 말하기가 민망했다. 그래서 그냥 회사원이라고 거짓말을 했다. 병원 밖을 나오는데 '내가 왜 이런 거짓말까지 했을까?'라는 생각에 부끄러웠고 후회가 밀려들었다.

극심한 스트레스의 원인

하루는 내가 받는 스트레스의 원인을 분석해 보았다. 원인을 알게 되면 스트레스를 줄일 수 있을 것이란 기대감이 있었다. 곰곰이 스트레스의 원인을 분석해 보니, 가장 큰 원인은 내가 남의 시선을 지나치게 의식한다는 것이었다. 직장에 다니지 않는 나를 남들이 어떻게 볼지 늘 신경을 쓰고 있었다. 아내는 내가 집에서 혼자 밥 먹는 것을 안쓰럽게 생각해 가끔 출근하면서 점심 때 회사 근처 식당에서 같이 밥을 먹지 않겠냐고 물어보았다. 나는 아내와 같이 밥을 먹고 싶은 마음은 있었지만, 식당에서 아내 직장 사람들을 마주칠까 봐 걱정이 되어 거절했었다. 그러다 하루는 아내와 같이 점심을 먹기로 하고, 아내 직장 근처에서 아내와 함께 식당에 갔다. 아니나 다를까 가는 날이 장날이라고 그날 식당에서 아내 부서장님을 만나 인사까지 드리고 말았다.

　나는 웬만하면 낮에는 집 밖으로 잘 나가지 않았다. 살림에 필요한 생필품은 주로 온라인 쇼핑몰에서 샀다. 반찬거리는 전날 밤에 슈퍼마켓에 가서 샀다. 마치 퇴근 후 아내의 부탁으로 장을 보는 자상한 남편인 것처럼 말이다. 어쩌다 한 번씩 물건을 사러 낮에 상점에 갔다가 딸 친구 엄마들과 마주친 적이 있었는데, 그럴 때면 잘못한 것도 없는데 괜히 창피해서 고개를 숙이곤 했다.

　명절에 처가에 갈 때는 스트레스가 더 심해졌다. 이 역시 처가 식구들의 시선을 지나치게 의식한 결과였다. 오랜만에 만나는 처형과 동서들이 "요즘 무슨 일 하며 지내요?"라고 물어볼까 봐 지레 위축되었다. 달리 대답할 말이 없었기 때문이었다. 얼마 전 뉴스를 보니, 명절에 친척들에게 가장 듣기 싫은 말 중에 하나가 "언제 취업할 거니?"라는 말이라고 한다. 감사하게도 내게 이런 곤혹스러운 질문을 한 처가 식구들은 없었다. 그런데도 처가에 갈 때마다 신경이 쓰이는 건 어쩔 수 없었다. 경제적으로 아내를 의지할 수밖에 없는 무능한 남편이라는 자괴감이 스스로를 옭아매고 있었다. 내가 명절마다 이런 스트레스가 심해지는 것을 아는 아내 또한 마음이 편치 않았다.

지금 생각해 보면, 이렇게 남의 시선을 지나치게 의식했던 것은 나 스스로 프리랜서로서 정체성을 확립하지 못했기 때문이었다. 직장인들 눈에는 조직에 얽매이지 않고 자유롭게 일하는 프리랜서가 부러울 수 있다. 하지만 내가 어디에도 소속된 곳이 없다는 것은 정체성의 혼란과 위기를 가져온다. 직장인들은 특정한 조직에 속해 특정한 일을 함으로써 직업적 정체성을 느낄 수 있다. 직장인들이 서로 주고받는 명함 속에 그 정체성이 잘 드러나 있다. 게다가 직장인들은 직장에서 매일매일 할 일이 쌓여 있어서 정체성의 혼란을 느낄 겨를조차 별로 없다. 오히려 많고 힘든 일을 통해 자신의 정체성을 더 선명하게 느끼기도 한다.

반면 나처럼 반실업자 상태인 프리랜서는 수입이 많고 적음을 떠나 확고한 직업 정체성을 갖기가 어렵다. 더욱이 나는 한국 사회에서는 다소 평범하지 않은 남편의 삶, 즉 아내를 외조하고 살림과 육아에 전념하는 삶을 살다 보니 자꾸 주위의 시선에 신경이 쓰였던 것이다.

게임하다 들킨 날의 후회

일주일에 한두 번씩 불확실한 미래에 대한 불안감이 엄습하는 날이 있었다. 이렇게 사는 게 맞는 건지, 계속 이렇게 살면 앞으로 어떻게 되는 건지 불안했다. 이런 날은 자다가 갑자기 몸이 움찔거리고 놀라서 깨기도 했었다. 불안감이 심해질 때면 난 현실에서 도피하는 수단으로 온라인 게임을 했다. 게임을 하는 순간만큼은 앞날에 대한 걱정과 고민을 잊을 수 있었다. 현실에서 느끼지 못한 성취감을 게임을 통해 잠시나마 맛보기도 했다. 게임은 주로 딸이 학교 가고 집에 없는 낮에 했다. 그런데 하루는 딸이 평소보다 학교에서 일찍 돌아왔다. 딸이 현관문 번호키를 순식간에 누르고 들어오는 바람에 컴퓨터 책상에 앉아 게임을 하는 모습을 그만 들키고 말았다.

요즘 아이들은 자신의 부모가 다니는 직장뿐만 아니라 직급이 무엇인지도 친구들끼리 이야기한다는 말을 들었다. 초등학생 아들을 둔 한 친구는 아들이 "아빠는 회사에 그렇게 오래 다녔는데 왜 아직 팀장이 아니야?"라고 물어서 당황했다고 한다. 딸이 말은 하지 않았어도 집에 있는 아빠에 대한 아쉬움이 분명히 있었을 것이다. 그런 딸에게 대낮에 빈둥빈둥 게임을 하는 모습을 보였으니 얼마나 후회스러웠겠는가? 나 자신이 수치스러워서 딸의 얼굴을 볼 낯이 없었다.

그때를 생각하면 지금도 얼굴이 확 달아오른다. 가족을 위해 고단한 삶의 무게를 묵묵히 감당하셨던 아버지의 모습이 떠오르면 더욱 그렇다. 한국전쟁 때 평양에서 피난 온 아버지는 세파를 헤치고 생활 터전을 일구셨다. 시간과 돈을 허투루 쓰시는 일이 없으셨다. 월요일부터 토요일까지는 직장과 가정에 충실하셨고, 일요일은 교회에서 주일학교 교사로 봉사하셨다. 무엇보다 아버지는 자식들의 앞날을 걱정하시며 당신의 삶을 철저히 희생하셨다. 퇴근 후 취미생활은커녕 술을 드시고 오신 적도 거의 없으셨다. 닳아빠진 밑창을 계속 갈아 끼우시며 구두 한 켤레를 십 년 가까이 신으셨다. 김현승 시인의 시 〈아버지의 마음〉에 투영된 고독한 아버지 모습이 바로 나의 아버지였다.

저녁 바람에 문을 닫고
낙엽을 줍는 아버지가 된다.

세상이 시끄러우면
줄에 앉은 참새의 마음으로
아버지는 어린 것들의 앞날을 생각한다.

게임하다 들킨 그날, 나는 온라인 게임 아이디를 해지했다. 더는 딸을 실망시키고 싶지 않았다. 무엇보다 나 자신에게도 실망하고 싶지 않았다. 다시 책상에 앉아 책을 쓰기 시작했다. 불쑥불쑥 튀어나오는 불안감을 꾹꾹 누르며 글을 써 내려

갔다. 성과를 내겠다는 집념으로 글을 쓰자 집중력이 높아졌다. 그 결과 두 권의 책을 연달아 출간했다.

지금 이 책을 쓰는 이유 중 하나도 부끄러운 아빠가 되지 않기 위해서다. 내가 책을 쓰는 모습이 딸에게 좋은 영향을 준다면 나는 계속 책을 쓸 것이다. 아마 나는 남들의 시선보다 우리 아이의 시선에 가장 많은 신경을 쓰는지 모르겠다. 내가 우리 부모님의 모습을 보면서 은연중에 닮아 갔던 것처럼, 우리 아이도 나를 보면서 닮아갈 것을 알기 때문이다.

낮아진 자존감, 위축된 삶

나는 낮아진 자존감을 느끼면서, 자존감에 대해 더 알고 싶어졌다. 자존감에 관한 여러 책을 찾아 읽어보았다. 책을 읽은 후 아내와의 관계, 자녀와의 관계보다 더 중요한 관계가 바로 '나' 자신과의 관계라는 사실을 알게 되었다. 하버드대 교수인 조세핀 김이 말한 대로 자존감이 대물림된다면, 나의 낮은 자존감으로 인해 우리 아이의 자존감도 낮아질 것이다. 어느 부모가 자기 자식이 자존감이 낮길 원하겠는가? 그나마 안도할 수 있었던 것은 딸은 엄마의 자존감에 큰 영향을 받는다는 것이었다. 아내는 나보다 자존감이 높다. 매일 새벽 기도와 찬양으로 하루를 시작하는 아내는 깊은 신앙심에 기반을 둔 긍정적인 자아상을 갖고 있다.

다만 한 가지가 마음에 걸렸다. 다름 아니라 우리 아이는 엄마보다 아빠와 함께 있는 시간이 훨씬 길다는 것이었다. 내가 딸에게 미치는 영향이 적을 수 없는 환경이었다. 나의 낮아진 자존감을 회복하지 않으면, 딸에게 부정적인 영향을 미칠 수밖에 없었다. 딸에게 책을 읽거나 쓰는 모습을 보이는 것 이상으로 중요한 것이 내 자존감이었다. 난 딸에게 잔소리를 잘하지 않는 편이다. 그렇지만 아내뿐만 아니라 딸이 보는 앞에서 나 자신을 향해 부정적인 말을 곧잘 내뱉었다. "난 왜 이럴까?", "왜 이걸 제대로 못했을까?"와 같이 나 스스로에게 비난의 화살을 허다하게 쏘아댔다. 자기 자신을 존중하는 마음, 자기 자신을 사랑하는 마음이 내게는 많이 부족했다.

더 늦기 전에 부정적인 언어 습관과 생각을 고쳐야 했다. 나의 낮은 자존감이 우리 아이에게 대물림되는 것은 생각조차 하기 싫었다. 사실 따지고 보면 나 자신을 그렇게 비하하지 않아도 됐었다. 프리랜서가 된 이후 수입은 크게 줄었지만, 그렇다고 내 용돈을 못 벌 정도로 경제적 능력이 사라진 것은 아니었다. 기업과 학교, 도서관 등에서 강연하며 적은 액수지만 수입을 얻고 있었다. 무엇보다 살림하는 남자의 본분을 잘 지키며 살았다. 내가 가사와 육아를 책임진 이후, 아내와의 관계는 이전보다 좋아졌으면 좋아졌지 나빠지지 않았다. 보통 살림하는 남자들은 직장 다니는 아내에게 미안한 마음을 갖고 산다. 아무래도 아내에게 경제력을 의존하기 때문이다. 나도 직장에서 종일 일하고 녹초가 되어 집에 온 아내에게 고맙고 미안한 마음이 컸다. 그래서 이전보다 아내의 감정을 더 잘 읽으려고 노력했다. 대개 남자가 여자보다 권력을 쥐고자 하는 욕구가 강하다고 한다. 하지만 나는 일하는 아내 앞에서 가부장적 의식을 떨쳐 버렸다.

맞벌이 부부들이 싸우는 대표적인 이유가 남편들이 집안일과 아이 돌보는 일을 잘 하지 않기 때문이다. 이는 수치로도 알 수 있다. 경제협력개발기구(OECD)의 통계자료에 의하면, 한국 남성의 가사와 육아 노동시간은 일일 49분으로 OECD 회원국 중 일본 남성(41분) 다음으로 짧았다. 반면 한국 여성의 가사와 육아 노동시간은 일일 215분으로 남성보다 4배 이상 길었다. 그렇다면 가사와 육아가 부부의 공동책임이라는 인식이 강한 북유럽 국가 덴마크는 어떨까? 덴마크 여성의 가사와 육아 노동 시간은 일일 243분으로 남성의 186분에 비해 1.3배 정도 수준이었다. 워킹맘의 남편으로 사는 나는 어떤지 한번 계산해 보았다. 아내가 미국에서 MBA를 할 때, 내가 가사와 육아에 들이는 시간은 일일 280분 정도였다. 한국으로 돌아온 후에는 200~220분 정도였다. 이 정도 시간이면 나는 일반 전업주부들만큼 가족을 위해 헌신하고 있는 것이었다. 나 스스로 위축되지 않아도 됐었다. 그렇지만 나는 그러지 못했다.

02

....

건강에
적신호가 켜지다

건강에 찾아온 이상 신호

결국, 과도한 스트레스는 건강의 문제로 이어졌다. 음식을 먹으면 소화가 잘 되지 않았고 속이 쓰렸다. 또 목은 뭔가 걸려 있는 듯한 이물감이 느껴져 계속 답답했다. 내과에서 위내시경을 해보니 식도부터 위, 십이지장까지 염증이 없는 곳이 없었다. 소화기관의 문제는 스트레스뿐만 아니라 '혼밥'(혼자밥 먹기)도 원인이었던 것 같다. 전업주부 대부분이 그렇겠지만, 혼자 밥을 먹을 때는 요리를 해서 먹지 않는다. 대충 먹고 치울 수 있는 두세 가지 반찬만 냉장고에서 꺼내 후다닥 먹고

만다. 이렇게 점심을 혼자 빨리 먹으면서 역류성 식도염과 위염은 만성화되었다. 위산 분비 억제제를 오랫동안 먹었지만 잘 낫지 않았다.

엎친 데 덮친 격으로 식도염과 위염보다 더 괴로운 일이 발생했다. 이명이 악화되어 '삐', '뚜', '윙'하는 소리가 이전보다 더 크게 귓가에 울리기 시작한 것이었다. 그동안 스트레스가 계속 쌓이기만 할 뿐, 제대로 해소하지 못한 채 우울한 감정을 억누른 것이 문제였다. 갑자기 심해진 이명에 잠도 제대로 잘 수가 없었다. 숙면을 하지 못하니 신경은 더 예민해졌다. 병원에서 신경안정제를 처방받았지만, 약물이 이명을 근본적으로 치료하는 것은 아니라는 생각에 잘 복용하지 않았다.

양쪽 귀에 이명이 처음 생긴 것은 군대에서 제대한 직후였다. 2년 동안 장갑차 안에서 직무를 수행하면서 과도한 소음에 지속적으로 노출되었던 것이 원인이었다. 근본적인 치료 방법이 딱히 없는 이명 때문에 이십 년 가까이 삶의 질이 떨어진 것은 사실이었지만 그동안 어느 정도 이명이 익숙해져서 견딜 만했다. 또 국방의 의무를 다하다가 생긴 희생의 흔적이니 너무 안타깝게 생각하지 말자고 스스로 다짐했었다.

그런데 악화한 이명으로 괴로운 시간을 보내던 어느 날이었다. 자고 일어났는데 약간 몽롱하면서 어지러움이 느껴졌다. 처음엔 '피곤해서 그렇겠지.', '시간이 지나면 괜찮아지겠지.' 하고 대수롭지 않게 생각했다. 그런데 한 달, 두 달, 석 달이 지나도 어지러운 증상이 나아지지 않자 초조하고 불안해지기 시작했다. 이비인후과에 가서 순음 청력검사, 뇌간 유발반응 검사, 임피던스 검사, 평형기능 검사 등 여러 가지 검사를 했다. 한 시간가량 검사하고 결과를 들으러 진료실에 들어갔다. 그런데 의사의 표정이 검사하기 전과 달리 굳어져 있었다. 검사지를 한참 쳐다보더니 내게 말했다.

"전정기능 검사와 뇌간 유발반응검사에서 이상이 있는 것으로 나왔어요. 청신경에 종양이 있는 것으로 의심이 됩니다."

의사의 말을 듣는 순간 머리가 멍해졌다.

"청신경에 종양이 있다면…. 뇌종양인가요?"

"네. 양성 뇌종양입니다."

그리고는 의사는 영상의학과에서 측두골 MRI 촬영을 하라며 검사의뢰서를 써 주었다. 검사의뢰서에 영어로 쓰여 있는 진단명은 '좌측 소뇌 교각부 병소'였다. 병원을 나와 지하철을 타고 집에 오는 길에 나도 모르게 분노의 감정이 솟구쳤다. '지금 이게 무슨 상황이지? 이런 일이 생기면 안 되는 거잖아!' 그날 아내와 딸과 함께 저녁을 먹는데 눈물이 쏟아졌다. 나 못지않게 충격을 받은 아내는 참았던 눈물을 쏟아냈다. 그러자 딸도 엄마 아빠가 우는 모습에 놀라서 울기 시작했다. 그렇게 우리 세 가족은 식탁에서 한참을 울었다.

이후 2주 동안 MRI를 찍으러 병원에 가지 못했다. 빨리 MRI를 찍고 치료 방향을 정해야 했지만, MRI 검사에서 뇌종양으로 판명이 날까 봐 두려웠기 때문이다. 만약 뇌종양이라면 머리를 열고 종양을 제거하는 수술을 하거나 방사선 수술을 해야 한다. 또 수술로 종양을 제거해도 청신경은 몇 년 안에 잃을 가능성이 크다. 왼쪽 귀는 소리를 못 듣는 것이다. 이런 끔찍한 결과를 받아들일 마음의 준비가 아직 되지 않았다.

죽음에 대한 단상

죽음은 누구나 맞이해야 할 길이다. 그렇더라도 평소에 죽음을 의식하며 사는 사람은 많지 않을 것이다. 나도 4년 전 대학교 동아리 친구가 갑작스럽게 세상을 떠났다는 소식을 듣기 전까지는 그랬다. 법조인이었던 그녀는 성격이 밝고 활력이 넘치는 친구였다. 내가 회사를 설립한 후 상법과 관련한 궁금증을 물어보면 자기 일처럼 관심을 가지고 상담해 주었다. 수억 원의 빚을 남기고 돌아가신 아버지의 빚을 물려받지 않기 위해 상속 포기 절차를 알아보던 친구에게도 그녀는 기꺼이 조언을 해주었다. 그런데 누구에게나 친절하고 겸손했던 그녀는 어린 두 남매를 남겨 두고 너무나 일찍 하늘나라로 갔다. 언론을 통해 접한 그녀의 추정 사인은 과로로 인한 급성심장사였다. 누구보다 치열한 삶을 살았던 그녀의 죽음 앞에서 나는 잠시 내 삶을 돌아보았다. '나는 후회 없이 죽을 수 있을까?'

죽음을 의식하게 된 또 다른 일이 있었다. 미국에서 돌아온 후 살이 자꾸 빠져 내과에서 혈액검사를 했다. 검사결과 백혈구가 정상 수치보다 꽤 낮게 나왔다. 지금껏 십 년 넘게 건강검진을 하면서 한 번도 백혈구 수치가 낮은 적이 없었기에 무척 당황스러웠다. 의사는 바이러스 감염 등으로 인해 일시적으로 그럴 수 있다며 6개월 뒤에 다시 검사하자고 했다. 그런데 6개월 후 재검사를 했을 때에도 백혈구 수치가 이전과 마찬가지로 낮았다. 그러자 이번에는 의사가 대학병원 혈액종양내과에 가서 정밀 검사를 받을 것을 제안했다.

대학병원 혈액종양내과에서 혈액검사를 한 후, 결과를 보러 가기 전까지 열흘가량 피를 말리는 듯한 불안과 두려움의 시간을 보냈다. 그 당시 나는 매일 아침 금식하며 하나님께 애타는 마음으로 기도했다. 성경 속 인물인 유다 왕 히스기야가 병들어 죽게 되었을 때 울면서 하나님께 기도했던 것처럼 나도 눈물의 기도를 드렸다.

"하나님, 죽을병에 걸렸던 히스기야 왕이 기도했을 때 생명을 연장해 주신 것처럼, 제 기도에도 응답해 주세요."

검사결과를 보러 병원에 가던 날 아침, 그날따라 유난히 등교하는 딸과 출근하는 아내의 뒷모습이 눈에 밟혔다. 내가 아픈 것 때문에 가족들이 걱정하고 힘들어하는 것이 이처럼 괴로운 일인 줄 몰랐다. 검사결과 백혈구 수치는 여전히 정상치보다 낮았지만, 적혈구와 혈소판 수치는 정상범위에 있었다. 의사는 골수의 조혈 기능 문제는 아닌 것으로 판단했다. 주기적으로 혈액검사를 하며 추적 관찰을 하기로 했다. 이후 6개월마다 혈액검사를 하고 결과를 보기 위해 진료실 밖에서 대기할 때면 늘 마음이 무겁고 초조했다.

이쯤에서 묻고 싶지 않은 질문을 나 자신에게 던져 본다. 죽음이 내 앞에 가까이 와 있다면 어떤 마음이 들까? 내가 만약 의사로부터 3개월 시한부 선고를 받는다면, 무엇이 가장 후회스러울까? 번듯한 직장이 없는 것? 돈이 없는 것? 성공하지 못한 것? 아니다. 죽음 앞에서 이런 것은 빈껍데기일 뿐이다. 아내와 딸을 더 많이 사랑하지 못한 것, 가족과 함께 더 많은 추억을 쌓지 못한 것이 후회될 것 같았다. 무엇보다 하나님이 내게 주신 사명(calling)에 따라 살지 못한 것이 가장 후회스러울 것 같았다.

예전에 사업을 할 때 고객사에서 첫 미팅을 하면 클라이언트가 으레 하는 질문이 있었다. "어떤 마음가짐으로 프로젝트를 하시겠습니까?" 그러면 난 항상 "이번이 저의 마지막이라는 심정으로 일하겠습니다."라고 답했다. 후회하지 않게끔 최선을 다하겠다는 굳건한 의지의 표명이었다. 일개 프로젝트를 앞두고도 이럴진대 하물며 불현듯 찾아올지도 모르는 죽음을 의식한다면, 어떻게 살아야 할지 고민하고 또 고민해야 하는 것은 당연했다.

혈액종양내과를 다닌 후부터 나는 내 힘으로 할 수 있는 일이 별로 없다는 것을 알게 되었다. 그리고 마음 깊은 곳으로

부터 내 삶에서 가장 가치 있는 일을 찾고 싶다는 마음이 생겼다.

하나님과의 세 번째 약속

이비인후과에서 검사의뢰서를 받은 지 2주가 지났다. 그동안 나는 '설마 종양은 아니겠지?', '아니야. 뇌간 유발반응검사에서 이상이 있었는데 분명 뇌종양일 거야' 하는 희망과 절망 사이를 하루에도 수십 번 넘게 왔다 갔다 했다. 이렇게 감정이 널뛰기 하듯이 하루하루를 보내는 것도 견디기 힘들었다. 더는 MRI 촬영을 미룰 수 없었다. 하지만 혼자 병원에 갈 용기가 나지 않았던 나는 토요일 오전, 아내와 함께 전날 예약한 영상의학과에 갔다. 그리고 뇌 MRI를 찍었다.

진료실 밖에서 검사결과를 기다리며, 벼랑 끝에 서 있는 심정으로 기도했다.

"하나님, 뇌에 종양만 없다면 십 년 후에 선교사의 삶을 살겠습니다."

사실 하나님께 이렇게 서원한 것이 처음은 아니었다. 예전에도 비슷한 서원을 두 번이나 했었다. 첫 번째 서원은 대학교 2학년 때였다. 당시 나는 같은 학과 여학생을 짝사랑하고 있었다. 내 친구들도 그녀를 좋아했기 때문에, 내가 먼저 선불리 고백할 수 있는 상황이 아니었다. 그래서 1학년 때는 그녀와 수업을 같이 들으면서도 몇 마디 말도 나눠 보지 못하고 그냥 그렇게 일 년을 보냈다. 그러다가 2학년 때 용기를 내어 그녀에게 교제하고 싶다고 고백했다. 그러나 유학의 꿈을 안고 있었던 그녀는 내게 차분하면서도 단호하게 거절 의사를 밝혔다. 그리고 며칠 후 나와 교제할 수 없는 이유를 200자 원고지 25장에 써서 보내 주었다. 고백 한 번 잘못했다가 확인 사살 당한 기분이었다. 나중에 알고 보니 당시 서울에서 대학을 다녔던 그녀의 친언니가 그렇게 하라고 코칭한 것이었다.

나는 그때 짝사랑의 가슴앓이를 달래 보고자 주말 선교학교에 등록했다. 신앙심이 깊었기 때문이 아니라. 학교에 가지 않는 토요일에 집에만 있으면 마음이 너무 허전할 것 같아서 등록했던 것이었다. 그리고 5개월간의 선교 훈련을 마치고 T국으로 선교 여행을 떠나던 날, 나는 하나님께 기도했다.

"하나님, 이 자매와 교제하게 해 주시면 선교사의 삶을 살겠습니다."

그런데 정말 거짓말 같은 일이 일어났다. 선교여행을 다녀온 후 얼마 지나지 않아 그녀의 마음이 열린 것이었다. 나는 기도의 응답이라 믿고 그녀와 교제를 시작했다.

두 번째 서원은 내 잘못으로 인해 그녀와 헤어질 뻔한 위기가 닥쳤을 때였다. 당시 그녀와 헤어질 것 같다고 부모님께 말씀드렸을 때, 나 못지않게 그녀를 아끼고 사랑하셨던 부모님은 크게 상심하셨다. 어머니는 눈물까지 보이셨다. 그때 나는 다시 절박한 심정으로 하나님께 서원을 했다.

"하나님, 이 자매와 결혼하게 해 주시면 선교사의 삶을 살겠습니다."

이처럼 나의 두 번의 서원은 모두 부끄럽게도 믿음의 동기로 한 것은 아니었다. 그런데도 하나님은 나의 순전하지 않은 기도에도 응답해 주셨다.

영상의학과 진료실 밖에는 내가 오래도록 짝사랑했던 아내, 결혼 전 헤어질 뻔했던 아내가 내 손을 따뜻하게 잡고 있었다. 그리고 진료실에 들어가기 전 내게 말했다.

"하나님이 당신을 지켜주신다고 약속하셨어요."

아내의 믿음의 고백은 나의 떨리는 마음을 진정시켜 주었다. 나는 애써 담담한 표정을 지으며 진료실에 들어갔다. 의사는 컴퓨터로 내 MRI 사진을 보면서 진료기록부에 뭔가를 입력하고 있었다. 그리고 이렇게 말했다.

"청신경에 종양은 보이지 않습니다. 정상 소견입니다."

03

회복의 시작,
아빠도 연약한 인간이란다

완벽주의 성향 낮추기

나는 완벽주의 성향이 있다. 파워포인트로 강연 자료를 만들 때에도 슬라이드 구성이 마음에 들지 않으면 강연 전날까지 고치고 또 고쳤다. 대개 완성도에 집착하는 사람들은 자신뿐만 아니라 남들에게도 엄격한 잣대를 들이댄다. 두 번째 직장인 중소기업에 다닐 때 내가 바로 그런 사람이었다. 프로젝트를 제때 완벽하게 처리해야 한다는 압박감과 부담감으로 부하 직원에게 스트레스를 준 적이 많았다.

나는 부모의 완벽주의 성향이 자녀의 정서에도 부정적인 영향을 끼친다는 것을 잘 알고 있었다. 그래서 될 수 있으면 딸에게는 나 자신에게 적용했던 높은 기대치를 갖지 않으려고 했다. 학업 성적과 진로에 대한 부담을 주지 않았던 것도 그러한 이유 때문이었다. 딸이 책가방을 놓고 학교에 가거나 가정통신문을 늦게 보여 주어 난처한 일이 생겼을 때도, "누구나 할 수 있는 실수야."라고 말하며 아무렇지 않은 척했다. 속으로는 '왜 저렇게 덤벙거릴까?'라는 생각이 드는 건 어쩔 수 없었지만 말이다. 어떻게 보면 이렇게 겉과 속이 다른 이중적 행태를 보인 것도 좋은 부모가 되고자 하는 또 다른 완벽주의가 작동했기 때문이었던 것 같다.

완벽주의는 내게 상당한 스트레스를 주고 있었다. 건강이 더 악화하기 전에 완벽주의 성향을 낮추어야 했다. 어떻게든 스트레스로 지친 마음을 회복하고 싶었다. 감정 치유와 자존감에 관한 책도 읽어 보고, 심리상담을 하는 분을 만나 상담도 받았다. 다행히 이러한 과정을 통해 나는 나 자신에게 조금 더 너그럽고 관대해지려고 노력하게 되었다. 그동안 딸에게는 칭찬과 격려의 말을 자주 했지만, 정작 나 자신을 인정하고 받아들이는 데는 인색했다.

물론 몸에 밴 완벽주의적 성향을 하루아침에 바꾸기란 쉽지 않았다. 그래도 이전보다 긍정적인 시각으로 나를 바라보기 위해 생각의 변화를 시도했다. 그리고 혹여 딸이 나처럼 완벽주의 성향을 가지게 되어 피곤하고 힘든 삶을 살지는 않을까 경계하는 마음으로 지금껏 딸에게 했던 말들을 나 스스로에

게 하기 시작했다. "세상에 완벽한 사람은 없어.", "최선을 다
했으면 그걸로 된 거지."

부정적인 마음 바꾸기

관대함 하면 가장 먼저 떠오르는 분이 있다. 우리 가족이 미
국에 살 때 한인교회에서 만났던 한 장로님이다. 그 장로님은
1970년대에 미국에 이민 오신 내과 전문의이다. 미국은 병원
비가 한국과 비교할 수 없을 정도로 비싸고, 의료보험이 없는
한인들도 많다. 그런 데다가 몸이 아파도 응급상황이 아니면
병원에 가서 바로 진료를 받을 수도 없다. 보통 예약을 한 후
2~3주 뒤에 진료를 받게 된다. 상황이 이렇다 보니 몸이 아
픈 교인들이 예배 후 장로님을 찾는 경우가 많았다. 그럴 때
마다 장로님은 겸손한 태도로 교인들을 성심껏 진료해 주셨
다. 그리고 칠순을 앞둔 고령임에도 매년 자비로 아프리카,
멕시코, 몽골 등으로 의료선교를 다니셨다.

작년에 한국을 방문하신 장로님을 만났을 때, 나는 "장로님
은 젊으셨을 때도 성품이 너그러우셨나요?"라고 여쭤보았다.
그런데 장로님의 대답이 의외였다.

"아니에요. 저는 성품이 모난 사람이었습니다. 목사님의 설
교가 잘못되었다고 판단되면 예배가 끝나자마자 목사님을 찾
아가 따지기도 했어요."

지금의 장로님을 보면 전혀 상상이 안 되는 그림이다. 그래

서 그런지 장로님의 말씀을 들은 후, 나도 장로님처럼 관대한 사람으로 변화하고 싶다는 간절함이 더욱 커졌다. 남을 판단하는 마음이 들 때면 그런 마음을 바꾸려고 했다. 그래도 그게 잘 안될 때는 입 밖으로 부정적인 말을 내뱉지 않으려고 노력했다. 또 말할 때는 되도록 긍정적인 표현을 쓰려고 했다. 그렇게 의식적으로라도 노력하자 조금씩 변화가 생기기 시작했다. 얼마 전 딸이 학교 관현악단의 정기 연주회 오디션을 앞두고 걱정할 때, 진심으로 "걱정하지 마. 잘 될 거야."라는 말이 자연스럽게 튀어나왔다. 또한 나는 완벽주의의 올무에서 벗어나 스스로에게 조금 더 관대해지기 위해 내 연약한 모습을 가족들에게는 숨기지 않기로 했다. 이런저런 스트레스로 답답한 마음을 아내에게 그대로 털어놓았다. 딸에게도 아빠가 낮에 집에 혼자 있으면 무엇이 힘든지 솔직하게 이야기해 주었다. 내 과거의 실패와 아픔들을 일부러 끄집어내지는 않았지만, 그렇다고 그 기억들이 무심결에 떠오를 때 애써 외면하지도 않았다. 있는 그대로 받아들이려고 노력했다.

나는 한 발짝 더 나아가 집안일에 긍정적인 가치를 부여하기 시작했다. 돌이켜보면 내가 행복을 느꼈던 때는 스스로 가치 있다고 여긴 일을 열심히 할 때였다. 반면 그다지 가치를 느끼지 못하는 일을 할 때는 기쁨이 없었다. 살림하는 남자에게 찾아온 위기는, 집안일을 그저 큰 가치는 없지만 하지 않으면 찜찜한 일로 치부했기 때문인지 모른다. 하지만 생각을 바꾸어, 집안일을 내가 사랑하는 가족들이 더 깨끗하고 쾌적한 환경에서 지낼 수 있도록 돕는 일이라고 생각하니 집안일의 가치가 중요하게 느껴졌다.

완벽을 추구하는 성향을 내려놓고 나 자신에 대해 조금 더 너그러워지기 위한 마음과 행동의 변화는 자존감을 회복하는 데 어느 정도 도움이 됐다. 스트레스가 이전보다 줄었고 불면증으로 고생하는 날도 줄었다. 그렇지만 이 같은 노력만으로 내 마음속 깊은 곳에 감춰진 성취와 인정의 욕구, 불확실한 미래에 대한 불안, 건강에 대한 걱정마저 온전히 해결할 수는 없었다.

육체의 고통이 주는 의미

무엇보다 건강에 대한 염려는 극복하기 힘든 문제였다. 언제부터 건강을 신경 쓰게 되었는지 꼭 집어 말하긴 어렵지만, 아마 이십 대 초반부터였던 것 같다. 나는 대학교 다닐 때 몸이 아파서 수업을 듣지 못한 적이 많았다. 1학년 가을학기 개강을 앞둔 어느 날이었다. 잠을 자는데 심한 고열과 숨 쉴 때마다 바늘로 가슴을 찌르는 듯한 극심한 통증이 느껴졌다. 다음 날 바로 병원에 가서 진료를 받았는데 의사는 별다른 검사를 하지 않고 감기라며 약만 처방했다. 일주일 동안 약을 먹었지만 열은 떨어지지 않았고 가슴 통증은 더 심해졌다. 통증을 견디다 못해 다른 병원에 가서 흉부 엑스레이를 찍었다.

엑스레이를 본 의사는 결핵성 늑막염이 의심된다며 큰 병원에 가서 치료받도록 진료의뢰서를 써주었다. 결국, 나는 대학병원 흉부외과에서 가슴에 호스를 삽입해 흉강 내에 고인 체액을 630cc나 뽑아냈다. 그리고 일주일 동안 호스를 가슴에 삽입한 채 병실에 누워있었다. 지금도 흉부 엑스레이를 찍으면 예전에 앓았던 폐결핵 흔적이 보인다.

이후 9개월간 결핵 치료를 받았고, 또 다른 건강의 문제로 일반외과에서 수술을 받았다. 그뿐만 아니라 기관지염, 부비강염, 척추 질환 등으로 내과, 이비인후과, 정형외과, 재활의학과를 돌며 계속 치료를 받았다. 이렇게 병원 진료로 수업을 종종 빠졌던 나를 두고 친구들은 '걸어 다니는 종합병원'이라 불렀다. 입대를 앞둔 나에게 대학병원 교수님은 병무청에 재검 신청을 하라고 권유했지만 하지 않았다. 군 복무를 못할 정도의 상태라면 훈련소에서 귀가 조치를 할 거라는 생각으로 그냥 입대했다. 군대에서 훈련 도중 쓰러진 적이 있었는데, 이때 딱 한 번 교수님 말씀을 듣지 않았던 것을 후회했다.

군 제대 후 복학한 후에도 폐질환 때문에 또다시 흉부외과에서 오랜 기간 치료를 받았다. 당시엔 정말 아프지 않고 공부해 봤으면 하는 소원도 있었다. 시험 기간에 도서관이 아닌 병원에 가는 나를 걱정해 주는 친구들에게 "난 항생제를 하도 많이 먹어서 나중에 죽으면 몸이 썩지 않을 거야."라며 농담을 하기도 했다. 근데 매일 항생제를 복용하며 힘들게 공부했던 그때, 나는 대학에 들어와서 처음으로 성적 최우등생으로 선정됐다. 공부하는 데 환경보다 중요한 것이 노력과 의지임을 경험한 것이었다. 이렇게 이십 대 때부터 병원에 자주 다니면서 건강에 대한 걱정이 시작되었던 것 같다.

그런데 다른 한편으로 생각해 보면, 육체의 고통이 내게 유익한 면도 있었다. 이십 대부터 크고 작은 질병들로 인해 허망한 욕구들을 어느 정도 제어하며 살 수 있었다. 나 자신의 건강과 나의 앞날을 과신할 수 없는 상황이었기에, 내 한계를 느끼며 지나친 욕심에 빠지지 않았다. 물론 몸이 아플 때는 낙담하기도 했지만, 혈기 왕성한 청년의 때에는 고민하기 쉽지 않은 고난의 의미에 대해서 생각해 볼 수 있는 시간이기도 했다.

회복의 열쇠를 발견하다

이십 대를 나와 함께 보냈던 아내는 마음의 평안을 원하는 나를 위해 간절히 기도했다. 새벽에 일어나 작은방에 가서는 한 시간이 넘도록 눈물을 흘리며 기도했다. 작은방에서 들려오는 아내의 울부짖는 기도 소리에 잠이 깬 날이 하루이틀이 아니었다.

아내는 하나님을 신뢰하는 신실한 크리스천이다. 매일 아침 기도로 하루를 시작하고, 퇴근 후 피곤한 몸을 이끌고 집에 와서도 자기 전엔 꼭 성경을 읽고 기도로 하루를 마친다.

직장에서 어려운 일을 당해도 묵묵히 하나님의 인도하심을 믿으며 감사의 고백을 드린다. 또 나는 아내가 남을 험담하는 것을 들어본 적이 없다. 늘 주변 사람들의 필요를 살피고 살뜰히 챙기는, 마음이 따뜻한 사람이다. 오래 전 아내 직장에서 미소로 주위 분위기를 밝고 따뜻하게 만들어 주는 직원을 추천하는 캠페인이 있었는데, 그때 천 명이 넘는 직원 중에서 아내가 '스마일 직원'으로 선정되기도 했다. 아내는 가정에서나 직장에서나 늘 삶과 신앙이 일치된 신실한 사람이다.

이런 아내와 달리, 나는 모태신앙으로 교회를 떠나 본 적이 없음에도 신앙인답게 살지 못할 때가 많았다. 몸이 아플 때는 불평불만을 늘어놓았다. 무기력함에 빠진 나 자신의 모습을 보면서, 내가 과연 하나님을 믿는 사람인지 회의가 든 적이 한두 번이 아니었다.

그런데 어느 날 아침, 작은방에서 기도하고 나온 아내가 하나님께서 주신 생각이라며 내게 이렇게 말했다.

"하나님은 당신 안에 있는 건강에 대한 두려움을 내려놓기를 원하고 계세요. 그리고 당신이 하나님이 주신 사명을 다하는 순간까지 건강을 지켜 주실 거라는 확신을 주셨어요."

그날은 이상하게도 아내의 말을 듣고 있는데 마음에 잔잔한 평안이 느껴졌다. 나는 하나님이 아내를 통해 주신 말씀을 믿음으로 받아들였다. 그리고 방에 들어가서 무릎을 꿇고 기도했다. 내 안에 깊숙이 자리한 불안과 두려움, 얽히고설킨 삶의 문제를 내 힘과 노력으로 해결할 수 없음을 고백하며 하나님의 은혜를 구했다. 그리고 하나님이 내게 주신 사명을 깨닫고 그 일에 헌신할 수 있는 용기를 달라고 기도했다.

지난 시간을 되돌아보면, 하나님은 내가 사람을 의지하지 않고 하나님만을 바라보며 기도했을 때 신실하게 응답해 주셨다. 병약했지만 현역으로 26개월 군 복무를 잘 마칠 수 있었던 것도 그랬다. 입대 전 내 기도 제목은 근무하기 좋은 부대나 좋은 보직을 받게 해달라는 것이 아니라, 육군 병장으로 만기제대할 수 있도록 해달라는 것이었다.

앞에서 말했던 T국으로의 선교 여행도 기도의 응답이었다. 나는 그 당시 아르바이트를 하면서 선교 여행비로 140만 원을 마련했다. 그런데 여행을 떠나기 불과 한 달 전 예기치 못한 일로 그 돈을 모두 쓰고 말았다. 선교 여행을 포기할 수밖에 없는 상황이었다. 그때 나는 하나님께 간절히 기도했고, 며칠 후 기적과 같은 일이 일어났다. B재단의 장학생으로 선발되어 다음 학기 등록금 190만 원을 장학금으로 받게 된 것이다.

이 외에도 내 삶은 신실하신 하나님의 기도 응답으로 가득하다. 하나님은 언제나 나를 인도하고 계시는데, 내가 그것을 느끼지 못했던 것뿐이었다. 우리 딸이 무슨 말을 해도 내가 귀담아 듣듯이 하나님께서도 당신의 자녀인 내 기도를 모두 귀담아 듣고 계셨다.

작년 겨울 급성 충수염으로 수술을 받았다. 수술하던 날 아침 나는 오른쪽 아랫배에 심한 통증을 느껴 대학병원 응급실에 갔다. 복부 CT를 찍고 피검사를 받고 나니 의사가 오늘 바로 충수 절제술을 해야 한다고 했다. 예전 같으면 당황스럽고 불안한 마음이 들었을 것이다. 하지만 그날은 그렇지 않았다. 직장에 있는 아내에게 전화한 후, 수술실에 들어가기 전까지 담담한 마음으로 기다렸다. 얼마 후 이동 침대에 누워 수술실로 들어가는데, 이십여 년 전 외과 수술을 받기 전날 밤 병실에서 읽었던 성경 말씀이 떠올랐다.

두려워 말라 내가 너와 함께 함이라 놀라지 말라 나는 네 하나님이 됨이라 내가 너를 굳세게 하리라 참으로 너를 도와주리라 참으로 나의 의로운 오른손으로 너를 붙들리라(이사야 41장 10절).

나를 붙드시고 도우시는 하나님을 신뢰하며 그분과 한 걸음 한 걸음 동행할 때 비로소 내 삶에 두려움과 불안이 떠나가고 평안과 기쁨이 가득할 것이다.

PART
6

그래, 이것도
인생이다

아내를 외조하고 딸을 양육하면서
내 가치관이 조금씩 변하고 있었다.

사람들이 흔히 말하는 성공이 아닌, 그보다 의미 있는 삶과 가치를 찾게
되었다. 돈을 많이 벌지 못한 것이나 자녀를 명문대에 보내지 못한 것이
남은 생애 가슴을 송곳으로 후비는 듯한 고통을 주지는 않는다. 가장 후
회스러운 것은 이제 막 의미 있는 삶을 살기로 했는데, 다시 말해 사명을
따라 살기로 했는데 시간이 얼마 남지 않았음을 알게 됐을 때일 것이다.

01

외둥이 잘 키우고 싶은
아빠의 마음

그래, 친구 같은 아빠가 되자

우리 아이는 외동딸이다. 딸이 어릴 때에는 둘째를 낳아야 할지 고민을 많이 했다. 그러다 결국 둘째를 낳는 것을 포기했다. 대신 차선책으로 외동인 딸에게 더 많은 관심과 사랑을 주기로 했다. 딸은 우리 부부의 사랑을 듬뿍 받고 자란 덕분에 긍정적인 자아상을 가지고 있다. 그런 모습이 표가 나는지, 어디를 가도 사람들로부터 "사랑을 많이 받고 자랐구나!"라는 말을 많이 듣는다. 이것은 외둥이의 장점이라고 할 수 있다. 그래도 아이에게 동생이 없는 건 부모로서 늘 미안했다.

우리 부부는 형제가 적지 않은 집안에서 성장했다. 어렸을 때는 잘 몰랐는데 나이가 들수록 형제가 있는 것이 큰 힘이 된다는 것을 새삼 느낀다. 특히 친구 부모님의 장례식에 다녀올 때 그런 생각이 많이 든다. 언젠가 우리 부부도 세상을 떠날 텐데, 그때 우리 딸은 슬픔을 함께 나눌 형제가 없다는 것이 안쓰럽다.

더는 둘째에 대한 미련을 품을 수 없는 상황에서, 나는 딸에게 친구 같은 아빠가 되기로 했다. 자녀 양육에 관한 연구 결과를 보면, 다정한 아빠는 아이의 어휘력과 정서 발달에 긍정적인 영향을 주는 것으로 나타났다. 나는 자애로운 성품을 타고난 아내만큼은 아니지만, 그래도 남들 못지않게 딸에게 다정한 아빠라고 생각한다.

내 기억으로 우리 아버지는 예의범절에 있어서만큼은 좀 엄하셨다. 내가 어른들 앞에서 예의에 어긋난 말과 행동을 하거나, 형과 주먹질하며 싸운 날은 어김없이 회초리를 드셨다. 나는 열 살 때까지 아버지에게 회초리를 맞았다. 열 살 이후로는 아버지께 매를 맞은 적은 없었다. 그러고 보면 아버지는 당신 나름의 원칙을 가지고 회초리를 드셨다. 절대 손으로 때리지 않으셨고 언제나 회초리로 종아리를 다섯 대 정도만 때리셨다. 그런데 누나도 분명히 잘못한 적이 있었을 텐데, 누나에게 매를 드신 것을 본 기억이 없다. 아버지는 아들에게는 다소 엄하셨고, 딸에게는 좀 더 자상하셨던 것 같다.

나는 이런 아버지를 많이 닮았다. 그래서인지는 몰라도 나도 지금껏 딸에게 매를 든 적이 한 번도 없다. 엄한 아빠보다는 친근한 아빠가 되고 싶은 나는 딸 또래의 문화 코드를 알기 위해 노력했다. 딸이 초등학교에 다닐 때는 또래 아이들의 생각을 알고 싶어서 초등학교 교사인 지인에게 수시로 조언을 구했다. 또 '꼰대' 아빠가 되지 않으려고 "아빠가 학교 다닐 때는"이라든지 "요즘 애들은 말이야…"와 같은 말은 거의 하지 않았다. 대신 딸이 친구들에게 배운 아이돌 가수의 춤을 출 때면 옆에서 어설프게나마 따라 추면서 코드를 맞추려고 했다.

예전에 강연할 때 만났던 한 심리상담사의 말이 기억에 남는다. 그분의 말에 의하면 딸들은 아버지와 비슷한 성향의 남성과 결혼하는 경우가 많다고 한다. 심지어 술에 취해 어머니와 자녀들에게 폭행과 폭언을 일삼던 아버지로 인해 고통스러운 기억이 있는 여성조차도 아버지와 닮은 남성과 결혼하는 예가 있다는 것이다. 언뜻 이해가 잘 안 되지만, 그 이유를 들어보면 그럴 수 있겠다는 생각이 든다. 이유인즉슨 아버지의 모습이 딸의 무의식 속에 자리를 잡아 익숙해져 버린다는 것이다. 그리고 딸은 무심결에 아버지를 닮은 남성에게서 익숙함을 느껴 그를 배우자로 선택한다는 것이다. 생각해 보니 내 주변에도 그런 경우가 있었다. 대학교 동기 중에 스물다섯 살에 결혼한 여자 동기가 있다. 그녀는 자신의 삶을 지나치게 간섭하는 아버지에게서 하루빨리 벗어나고자 결혼을 일찍 했다고 말했다. 그런데 최근 들은 소식에 의하면, 그녀의 남편이 그녀의 머리 모양뿐만 아니라 옷 입는 것까지 일일이 간섭하고 잔소리를 해서 부부 갈등이 깊다고 했다. 이런 이야기들을 들으면, 우리 아이가 미래에 좋은 배우자를 만나 행복하게 살 수 있도록 하기 위해서라도 내가 좋은 남편, 좋은 아빠가 되어야 함을 뼛속 깊이 느끼게 된다.

귀는 열고 입은 닫고

이제 사춘기에 접어든 딸의 감정을 읽는 것이 예전보다 어려워졌다. 어느 날은 밝은 얼굴로 나에게 이런저런 이야기를 하다가도, 어떤 날은 무표정한 얼굴로 나에게 말을 잘 하지 않는다. 그동안 아빠의 마음을 녹였던 애교 넘친 목소리는 이제 듣기 힘들어졌다. 엄마보다 아빠와 있는 시간이 더 많아서인지 아이의 대화 습관이나 말투가 점점 나를 닮아 가는 것 같아 조금 걱정이다. 나는 딸이 아내의 차분하고 따뜻한 언어 습관을 닮아 주변 사람들에게 좋은 인상을 주기를 원한다.

아내는 딸이 무슨 말을 하건 감정적으로 공감을 잘 해준다. 예컨대 딸이 학교에서 속상했던 일을 말하면 아내는 딸을 꼭 껴안아 주며 "우리 딸 얼마나 속상했어."라며 위로부터 해 준다. 옆에서 보는 나마저 위로받는 느낌이 들 정도다. 반면 나는 딸이 속상했던 일을 말하면 그 순간 머릿속으로 '우리 딸이 속상했던 원인이 무얼까?', '어떻게 이 문제를 해결해야 할까?' 하며 원인을 분석하고 해결책을 찾기에 바빴다. 그리고 딸이 말을 하고 나면 내가 생각한 답을 하나씩 말해 주었다.

그런데 내가 아무리 괜찮은 해결책을 제시해도 딸의 반응은 시큰둥했다. 그 모습을 옆에서 지켜본 아내는 딸이 답을 알고 싶어서 말하는 게 아니라고 귀띔해 주었다. 딸은 그저 엄마 아빠에게 위로를 받고 싶어서 말하는 것이니 속상한 마음을 먼저 어루만져 주라고 조언해 주었다. 맞는 말이었다. 부모가 아이의 마음을 감싸 주지 않고 해결책만 제시해 주려고 하면, 아이는 부모가 자신의 마음을 몰라준다고 생각하게 된다. 그러고 보니 그동안 나는 아이에게 주로 조언을 하는 역할을 했기 때문에, 딸은 속상한 마음을 위로받고 싶을 때면 아빠가 아닌 엄마에게 먼저 달려가곤 했다.

여전히 나는 아내와 딸의 감정을 읽는 능력이 부족하다. 하지만 요즘은 아내의 조언대로 공감 능력을 키우기 위해 노력하고 있다. 딸이 속상했던 일을 나에게 이야기하면 일단은 귀를 활짝 열고 입은 꼭 닫는다. 그리고 나도 아내처럼 딸을 안아 준다. 딸의 이야기가 끝나면 잠시 딸의 입장이 되어 본다. 딸의 고민에 대해 내 생각을 말해 줄 때도 섣불리 해결책을 제안하지 않는다. 어차피 문제의 답은 당사자인 딸이 가장 잘 알고 있으므로 부모가 굳이 여러 가지 해결책을 제안할 필요가 없다. 문제를 해결할 의지와 역량이 아이에게 있음을 부모가 믿고, 아이 스스로 답을 찾을 수 있도록 옆에서 관심을 보이고 격려해 주는 것만으로도 충분하다. 몽골 대제국을 건설한 칭기즈 칸의 말처럼 '적게 말하고 많이 듣는다'라는 원칙은 아이의 마음을 감싸 주는 데에도 아주 유용하고 효과적이다.

훈계에도 기술이 필요하다

나의 논리적이고 분석적인 성향은 딸을 훈계할 때 매우 효과적이었다. 나는 딸을 훈계할 때 우선 딸이 잘못한 행동이 무엇인지 객관적인 사실을 토대로 구체적으로 말해 주었다. 그리고 나서 그러한 행동이 왜 잘못되었는지 그 이유를 딸이 이해할 수 있는 수준에서 설명해 주었다. 자신이 무엇을 잘못했는지 이유를 모르고 혼나거나, 혼난 후에도 잘못을 인정하지 않는다면, 훈계를 하나마나이기 때문이다.

나는 단순히 주의를 주는 데서 훈계를 끝내지 않았고, A4 용지에 반성문을 쓰게 했다. 무엇을 잘못했고, 그것이 왜 잘못된 행동인지 그 이유를 글로 쓰게 했다. 그리고 앞으로 어떻게 행동을 개선할 것인지 구체적인 실천 방안도 쓰도록 했다.

이런 방식으로 자녀를 훈계하면 좋은 점이 있다. 우선 반성문을 통해 자녀에게 훈계 내용을 정확히 이해시킬 수 있다. 또한, 훈계하는 부모뿐만 아니라 훈계받는 자녀도 필요 이상의 감정 소모가 생기지 않는다. 무엇보다 잘못한 행동에 초점을 맞추기 때문에, 훈계하는 중에도 자녀의 인격을 존중해 줄 수 있다. 자녀가 커갈수록 칭찬 못지않게 잘 혼내는 것이 중요하다는 것을 부모들은 공감할 것이다.

반성문이 훈계의 도구로 좋은 또 다른 이유는 바로 반성문을 통해 자녀의 논리적 사고력을 키울 수 있다는 것이다. 나는 딸이 쓴 반성문이 미흡하다고 판단되면, "지금 반성문에 쓴 것이 잘못한 행동의 전부일까?", "이런 점을 잘못했다고는 생각하지 않니?", "이건 앞에서 쓴 내용과 같은 내용인 거 같은데?"라는 질문을 계속 던졌다. 그럼 뾰로통해진 딸은 입을 쭉 내민 채 반성문을 다시 가져가 수정했다. 이처럼 딸은 반성문을 두세 번 수정하고 보완하면서, 자신의 글에서 어떤 내용이 중복 혹은 누락되었는지 분석하는 능력을 키우게 되었다. 또한 문제의 다양한 측면과 본질에 접근하는 역량 또한 배우게 되었다.

아이에게 물려주고 싶은 두 가지 유산

요즘 들어서 나는 이 세상에서 영원히 살 것처럼 시간을 낭비하면 안 되겠다는 생각을 자주 한다. 누구나 알듯이 인생에는 분명히 끝이 있고, 우리는 그조차도 한 치 앞을 내다볼 수 없다. 그래서 나는 정말 중요한 것에 가치를 두고 살기를 원한다. 또한 내 자녀에게도 정말 중요한 것을 유산으로 물려주기를 원한다.

그렇다면 내가 우리 아이에게 물려줄 수 있는 최고의 유산은 무엇일까?

하나는 '추억의 유산'이다. 내가 추억의 유산을 물려주고 싶은 이유는 행복한 기억이 딸의 삶을 풍요롭게 해 줄 것이라고 확신하기 때문이다. 2년간 미국에서 살며 80일 넘게 여행을 한 것도 딸에게 가족과 함께 한 추억을 만들어 주고 싶어서였다. 누군가 내게 미국이라는 나라가 부러운 이유를 하나만 대라고 한다면, 난 주저함이 없이 가족과 함께 여행할 장소와 기회가 많은 것이라고 말할 것이다. 광활한 땅과 천혜의 경관을 가진 미국이 부럽고, 여행을 일상처럼 즐기는 미국인들이 부럽다. 사실 우리나라 직장인들은 열흘 넘게 자녀들과 여행하기가 현실적으로 힘들다. 눈치가 보여서 휴가를 그렇게 길게 쓰지 못한다. 하지만 미국 직장인들은 그렇지 않다. 직장마다 다소 차이는 있지만 미국은 보통 일 년에 휴가가 이십 일 이상이다. 아이들의 여름방학도 석 달이나 된다. 그래서 미국 부모들이 자녀들을 데리고 긴 여행을 떠날 수 있다. 미국 여행 중 몬태나 주 커스터 국유림에서 만났던 한 미국인 부부는 맞벌이를 하는 직장인이었다. 그들은 네 명의 자녀와 보름 일정으로 캠핑카 여행 중이었다. 매년 여름마다 이렇게 가족 여행을 한다고 했다. 또 유타 주 브라이스캐니언 국립공원에 갔을 때는 20대 후반으로 보이는 남성이 겨우 한두 살쯤 되어 보이는 아기를 등산용 아기 가방에 태우고 아내와 함께 협곡을 하이킹하는 모습을 봤다. 정말 부러운 모습이었다.

딸에게 물려주고 싶은 또 다른 유산은 바로 '믿음의 유산'이다. 모든 사람이 그렇듯 딸 역시 앞으로 인생을 살면서 갖가지 역경과 실패를 경험하게 될 것이다. 인생의 시련과 아픔에서 온전히 회복하는 힘의 원천은 오직 하나님에 대한 믿음이다. 엄마와 아빠의 삶을 인도해 주신 하나님이 자신의 삶도 선하게 인도하신다는 믿음이 딸에게 있을 때, 딸은 어떤 어려움 속에서도 좌절하지 않고 다시 일어설 것이다. 그뿐만 아니라, 하나님에 대한 믿음을 통해 인생에서 무엇이 중요하고 중요하지 않은지 분별하는 지혜를 가지고 비본질적인 일에 시간과 열정을 낭비하는 어리석은 삶을 살지 않게 될 것이다.

그렇기에 우리 부부는 그러한 믿음의 씨앗을 딸에게 심어 주기 위해 노력하고 있다. 딸이 어렸을 때는 하나님이 어떤 분이신지 알 수 있도록 성경을 읽어 주었고, 지금은 스스로 성경을 읽도록 교육하고 있다. 또한, 우리 부부는 매일 밤 딸이 잠자리에 들기 전에 딸의 손을 잡고 기도한다. 일요일 저녁 가정 예배를 드릴 때는 한 주간의 삶을 서로 나누며 믿음과 감사의 고백을 한다. 훗날 우리 부부가 딸의 곁을 떠난 후 딸이 엄마 아빠와 함께 하나님의 말씀을 읽고 기도하며 예배를 드렸던 것을 기억하기를 원한다. 무엇보다 믿음을 통해 인생의 주관자이신 하나님이 어떤 분이신지 알게 되기를 바란다.

02

아이를 행복하게
키울 수 있는 사회가 되려면

가까운 이웃이 먼 친척보다 낫다

매년 스승의 날 찾아뵙는 초등학교 때 담임선생님이 있다. 선생님과는 잊히지 않는 추억이 하나 있다. 당시 이십 대셨던 선생님은 학기 중에 출산휴가를 가셨다. 나는 선생님이 아기를 낳으셨다는 소식을 듣고 친구와 함께 선생님과 아기를 보러 선생님 댁에 갔다. 설레는 마음으로 현관문 벨을 눌렀는데 인기척이 없었다. 선생님이 집에 안 계신 줄 알고 문 밖에서 기다리던 우리는 점점 지겨워졌다. 그래서 우리는 누가 문을 발로 더 세게 차는지 내기를 했다. 지금 생각하면 참 어이가 없는 짓이었지만, 그때는 그게 그렇게 재미있었다.

그렇게 한참을 문을 발로 차며 놀고 있는데, 갑자기 선생님이 사색이 된 얼굴로 문을 열고 나오셨다. 아기와 함께 낮잠을 자고 계시다가 깜짝 놀라서 깨신 것이었다. 당연히 우리는 선생님께 호되게 꾸지람을 들었다. 하지만 곧 선생님은 우리에게 집으로 들어오라고 하시더니 아기의 얼굴을 보여 주셨다. 그때 갓난아기였던 선생님의 딸은 외교관이 되어 지금 유럽의 한 국가에서 근무하고 있다.

올해 스승의 날에도 어김없이 선생님을 만났다. 나는 선생님이 두 자녀를 어떻게 키우셨는지 여쭤 보았다. 선생님은 아이를 낳으실 때 한 학기씩만 육아휴직을 하셨다. 그 외에는 휴직을 하지 않으시고 삼십 년 넘게 교직 생활을 이어 오셨다. 내가 제일 궁금했던 것은 낮에 누가 선생님의 아이들을 돌보아 주었는지였다. 나는 선생님의 부모님께서 아이들을 돌보아 주시지 않았을까 생각했는데, 선생님의 대답을 듣고 내심 놀랐다. 다름이 아니라 옆집 아주머니께서 오랫동안 아이들을 친자식처럼 돌봐 주셨다고 했다. 선생님의 아들은 지금도 그 아주머니를 명절 때마다 찾아뵙는다고 했다. 부모 못지않게 아이들에게 관심과 애정을 줄 수 있는 이웃을 만났다는 것은 큰 축복이 아닐 수 없다.

나는 유년 시절의 흐릿한 기억을 되살려 보았다. 나도 어렸을 때 어머니가 집에 안 계시면 이웃집에 가서 놀기도 하고 밥도 얻어먹었다. 나만 그런 것이 아니었다. 옆집, 윗집, 아랫집에 사는 아이들도 우리 집에 자주 와서 놀기도 하고 밥도 먹었다. 내가 태어나서 처음으로 '돈가스'라는 음식을 먹고 맛의 신세계를 경험했던 곳도 옆집 친구네였다. 그때는 이웃집에 가서 밥을 얻어먹는 것을 민폐로 여기는 사람이 거의 없었다. 이웃 간에 소소한 정이었을 뿐이었다.

또 당시에는 유아원이라 불렸던 어린이집도 동네에 몇 군데 없었고 보모도 흔치 않았다. 그런데도 맞벌이를 하는 부부들이 자녀를 맡길 곳을 지금 시대처럼 걱정하지 않았다. 조부모와 함께 사는 아이들이 많았던 이유가 가장 크지만, 그래도 또 한 가지 분명한 이유는 다른 집의 아이를 흔쾌히 돌봐 주었던 이웃들이 지금보다 훨씬 많았기 때문이다. '가까운 이웃이 먼 친척보다 낫다'라는 말을 실감하며 살았던 때였다.

아프리카 속담에 '한 아이를 키우려면 온 마을이 필요하다'라는 말이 있다. 이는 건강한 이웃 공동체의 도움 없이는 아이를 잘 키우기 힘들다는 것을 말한다. 우리나라는 불과 50~60년 전만 해도 한 가정에 자녀가 대여섯 명이었다. 그때는 세탁기, 청소기, 전기밥솥도 없었을 텐데, 그 당시 어른들은 그 많은 빨래와 청소, 음식을 다 하시면서 자녀들을 대학까지 보내셨다. 아마 힘들고 어려울 때 언제든지 도움을 주고받을 수 있는 이웃들이 있었기에 가능했을 것이다.

안타깝게도 요즘은 바로 옆집에도 누가 사는지조차 잘 모른다. 옆집에 사는 사람과 엘리베이터에서 마주쳐도 시선을 피하기 일쑤다. 정을 나누며 사는 경우는 극히 드물다. 그러다 보니 갑자기 아이를 맡길 곳이 필요할 때 이웃에게 부탁하기가 쉽지 않다. 가깝게 지내는 친척도 없고 이웃마저 없으니, 육아의 부담이 전적으로 부모에게만 지어진다. 예전보다 생활의 편리성은 높아졌을지 몰라도 아이 키우기는 더 힘든 세상이 되었다는 생각이 든다. 만약 이웃과의 소통과 교류가 좀 더 활발해진다면 워킹맘의 육아 부담이 조금은 가벼워질 수 있지 않을까?

놀이는 자기 주도적 인성 교육

미국에서 살 때 일이다. 당시 초등학생이었던 딸은 친구 집에서 하룻밤을 지내는 '슬립오버(sleepover)'를 종종 하곤 했다. 우리가 살던 곳은 한국인은 물론 동양인도 보기 힘든 동네여서, 딸은 미국인 친구들 집에서 슬립오버를 했다. 한 번은 딸이 토요일에 슬립오버를 하고 일요일에 집에 왔는데, 밤새 얼마나 신나게 놀았는지 그다음 날인 월요일까지 피곤이 풀리지 않아서 학교에도 가지 못했다. 아이가 놀다가 지쳐서 학교에 못 가겠다고 하면 등짝 스매싱을 날리는 부모도 있겠지만, 우리 부부는 이후로도 딸의 슬립오버를 반대한 적이 없었다.

그런데 한국에 돌아와서 보니 친구 집에 가서 노는 아이들이 별로 없었다. 초등학생들조차 방과 후 학원에 가느라 놀 시간이 없는 듯 보였다. 정말 안타까운 일이다. 놀이는 아이들이 자기와 다른 성격을 지닌 친구들과 어울리면서 자연스레 사회성을 쌓는 좋은 기회가 된다. 아이들은 놀이를 통해 체력을 키울 수 있을 뿐만 아니라, 놀이하는 중에 또 다른 놀이를 만들어 내면서 창의성이 자란다. 인간의 특징을 호모 루덴스(Homo Ludens), 즉 '놀이하는 인간'으로 규정한 네덜란드의 역사학자 요한 하위징아(Johan Huizinga)는 그의 책 《호모 루덴스》에서 놀이의 특징을 다음과 같이 말했다.

"놀이는 먼저 질서를 창조하고 그다음에는 스스로 하나의 질서가 된다."

실제로 그렇다. 놀이터나 공원에서 아이들이 뛰어노는 모습을 가만히 관찰해 보면, 아이들 스스로 규칙을 만들어 내고 그 규칙을 지키기 위해 노력하는 모습을 보게 된다. 놀이를 통해 규칙과 팀워크를 경험하고 소통과 배려를 배우는 것이다. 말하자면 놀이가 자기 주도적 인성 교육의 장이 되는 것이다. 나는 아이들이 사교육 때문에 이런 기회마저 박탈당하는 것이 너무도 안타깝다.

흔히 미국은 개인주의 문화가 강한 나라라고 한다. 나의 짧은 미국 체류 경험에 비추어봐도 미국인들은 개인주의 성향이 강하다. 그렇지만 미국은 유아 시절부터 아이들에게 공동체 속에서 조화를 이루며 살아가는 데 필요한 배려, 존중, 소통, 다양성과 같은 가치를 끊임없이 교육한다. 가정에서도 마찬가지다. 어떤 면에서는 우리나라보다 더 엄격하게 인성 교육을 시킨다. 앞에서 말한 슬립오버도 타인을 배려하는 방법과 태도, 어울림을 몸에 익힐 수 있는 학습의 시간이다. 실제로 많은 미국인 부모들이 자녀들의 슬립오버를 흔쾌히 승낙한다. 자녀에게 침낭만 주고 보내는 것이 아니라, 남의 집에서 지켜야 할 예의와 행동 규칙을 철저히 교육한 후에 보낸다.

소통은 스마트폰이 아니라 사람이 하는 것

요즘 아이들은 아주 어릴 때부터 스마트폰을 가지고 논다. 스마트폰으로 게임을 하고 유튜브를 보고 카톡을 하면서 노는데, 이것은 결코 잘 노는 것이 아니다. 게다가 어른들보다 자제력이 약한 아이들은 스마트폰에 중독되기 쉽다. 스마트폰 중독이 아이들의 사고와 정서, 신체 건강에 얼마나 해로운지는 굳이 말할 필요도 없다. 혹시 자녀에게 스마트폰을 사줘야 할지 말아야 할지 고민하는 부모들이 있다면, 안 사줘도 괜찮다는 말씀을 드리고 싶다. 초등학생 아들을 둔 한 친구는 내게 이런 말을 했다. 아이가 스마트폰을 사달라고 하도 떼를 써서 고민 끝에 사주긴 했는데, 사준 후 고민이 더 커졌다는 것이다. 스마트폰 사용 시간 제한을 풀어 달라고 떼쓰는 아이와 그것을 자제시키는 아내가 맨날 싸운다는 것이었다.

보통 아이들이 부모에게 스마트폰을 사달라는 이유는 두 가지다. 하나는 스마트폰이 없으면 친구들 사이에서 따돌림을 당한다는 것이다. 다른 하나는 좀 더 그럴싸한 이유인데, 팀

과제를 할 때 SNS 그룹 채팅방에 참여해야 한다는 것이다. 딸도 초등학교 6학년 때 스마트폰을 사달라고 한 적이 있다. 하지만 나는 스마트폰을 사주지 않는 것이 진정으로 아이를 위하는 길이라고 생각했다. 나는 대신 아빠나 엄마 휴대전화 번호를 친구들에게 알려 주라고 했다. 친구들과 다음 날 학교에서 만나기 전까지 긴히 할 이야기가 있으면 아빠 휴대전화로 연락하라고 했다. 딸은 여태껏 스마트폰을 가져 본 적이 없지만, 학교에서 그룹 과제나 수행평가를 준비할 때 어려움을 겪은 일이 단연코 한 번도 없다. 친구들과 카톡을 못해서 따돌림을 당한 적도 없다. 그래도 자녀가 스마트폰이 없어서 그 또래 문화에서 소외될까 봐, 혹은 친구들과 잘 소통할 수 없을까 봐 걱정하는 분들에게 소개하고 싶은 글이 하나 있다. 바로 우리 딸이 학급회장 선거에 출마하면서 작성했던 연설문이다.

여러분, 소통은 스마트폰이 아니라 사람이 하는 것입니다. 하지만 요즘은 카톡으로 대화하는 친구들이 많습니다. 그런데 이렇게만 대화하면 오해가 생기고 갈등도 발생합니다. 문자로는 마주 보고 대화하는 것만큼 나의 생각을 정확히 전달할 수 없기 때문이죠. 저는 스마트폰이 없습니다. 그렇지만 지금까지 친구들과 소통의 문제를 겪어 본 적이 없습니다. 저는 직접 만나서 대화하기 때문입니다. 저는 대화로 오해와 갈등을 풀어 가는 방법을 잘 알고 있습니다. 작년에 회장을 했을 때도 스마트폰이 없었지만 대화를 통해 반 친구들 모두가 잘 지낼 수 있도록 도왔습니다. 그리고 저는 스마트폰이 없어서, 여러분들과 매일매일 마주 보고 대화할 수밖에 없습니다. 대화를 통해 우리 반 누구도 소외되지 않고 화목하게 지낼 수 있도록 돕는 회장이 되고 싶습니다.

여느 부모와 마찬가지로 나도 우리 아이가 소통 능력을 갖추길 원한다. 그래서 스마트폰과 같은 소통의 도구에 관심을 두기보다, 소통의 주체인 사람에게 더 관심을 두도록 가르치고 싶다.

멕시코인 워킹맘의 이야기

미국에서의 경험을 조금 더 이야기해 보려고 한다. 아내의 대학원 2년 차 가을학기가 시작되니 어느덧 한국으로 돌아갈 날이 9개월밖에 남지 않았다. 그때 나는 미국의 교육을 소개하는 책을 쓰고자 했다. 그런데 아내가 책은 한국에 가서도 쓸 수 있으니 남은 기간 동안 영어를 공부하면 어떻겠냐고 권했다. 일리가 있는 말이었다.

딸은 미국에 와서 영어로 말하고 듣고 쓰고 읽는 데 불편함을 느끼지 않을 정도로 영어 실력이 늘었다. 아내도 대학원에서 늘 영어 논문을 읽고 영어로 발표를 해서인지 미국에 오기

전보다 훨씬 더 영어를 잘 구사하게 되었다. 반면 나는 한국에 있을 때보다 오히려 영어 실력이 줄어든 느낌이었다. 그도 그럴 것이 아내나 딸과 달리 나는 미국에서 영어를 쓸 일이 별로 없었다. 사실 미국에서 학교에 다니거나 미국인들과 같이 일을 하지 않는 한, 영어를 못해도 먹고 사는 데에는 큰 지장이 없다. 실제로 미국에서 20~30년 이상 산 사람 중에서도 영어를 못하는 경우가 많다. 그래서인지 나도 그동안 미국에 있으면서 영어 공부를 하고자 하는 마음이 별로 없었다.

하지만 난 아내의 제안대로 미국 교회에서 외국인을 위해 무료로 제공하는 ESL 프로그램에 등록했다. ESL 과정에 등록한 외국인 중에는 나처럼 미국에 단기간 거주하는 유학생 배우자도 있었고, 미국에 일하러 온 불법체류자도 있었다. 우리 반은 남아메리카, 아프리카, 아시아에서 온 20대부터 70대까지 다양한 국적과 연령층의 외국인들로 구성되었다.

당시 함께 수업을 듣던 외국인 중에는 멕시코에서 온 중년 여성이 있었다. 그녀는 다섯 명의 자녀를 키우는 워킹맘이었다. 호텔 객실 청소원으로 일했던 그녀에게는 뇌전증을 앓는 딸이 있었는데, 그녀는 아픈 딸을 데리고 병원에 갈 때 의사의 설명을 잘 알아듣기 위해 영어를 배운다고 했다. 그런 절박함 때문에 그녀는 몇 개월 동안 한 번도 수업에 빠진 적이 없었다. 그런데 그녀가 일주일이 넘도록 수업 시간에 보이지 않았다. 알고 보니 남편이 교통사고로 갑작스럽게 세상을 떠난 것이었다. 그녀의 안타까운 소식을 들은 ESL 수업 학생들은 십시일반 돈을 모아 그녀에게 전달했다.

몇 주 후 그녀는 다시 ESL 수업에 들어와 내 옆자리에 앉게 되었다. 남편을 잃은 슬픔에 더해 이제 홀로 일하며 다섯 자녀를 키워야 하는 그녀에게는 어떤 말도 위로가 될 것 같지 않았다. 그래도 뭔가 위로의 말을 건네야 할 것 같아 "당신과 당신의 자녀들을 위해 기도할게요."라고 말했다. 그녀는 내게 진심으로 고맙다면서, 자기는 많은 이들의 도움으로 이 어려움을 극복해 갈 수 있을 것이라고 했다. 그리고 본인의 이야기를 잠시 들려주었다.

그녀가 다니는 교회에서는 낮 동안 영유아들을 돌보아 주는 데이케어(daycare)를 운영하는데, 저소득층 가정의 자녀들은 무료로 다닐 수 있다고 했다. 그래서 그녀는 비용 부담 없이 아이를 데이케어에 보낸 후 일하러 간다고 했다. 다른 자녀들도 학비와 급식비가 무료인 공립학교에 보내기 때문에 돈 걱정은 없다고 했다. 또 집 근처에 있는 진료소에서 의료보험에 가입하지 못한 외국인들을 위해 무상으로 의료 서비스를 제공해 준다고 했다. 그리고 그녀는 이렇게 영어를 무료로 가르쳐 주는 미국인 자원 봉사자들과, 언제든지 도움을 청할 수 있는 멕시코인 이웃들이 있어서 감사하다고 했다. 그분들을 생각해서라도 좌절하지 않고 열심히 일하며 아이들을 키울 것이라고 했다.

좋은 관계는 삶을 풍요롭게 한다

나는 그녀의 이야기를 떠올릴 때마다 공동체적 가치를 생각하게 된다. 그녀가 속했던 교회 공동체, 지역사회 공동체는 그녀의 가정을 지탱해 주는 견고한 버팀목이었다.

최근 우리나라도 출산율을 높이기 위해 무상보육, 양육수당과 같은 복지 정책을 추진하고 있다. 이런 정부의 재정 지원이 아이를 낳아 키우는 부모들에게 경제적으로 도움이 되는 것은 분명하다. 그러나 아이를 건강하게 키울 수 있는 사회가 되려면 간과해서는 안 될 부분이 있다. 그것은 바로 우리 사회의 무너져 가는 공동체성을 회복하는 것이다. 공동체 의식이 사라지면 가족 이외의 사람들과의 만남이 줄어들고 타인의 삶에 관한 관심도 줄어든다.

지금 한국 사회는 1인 가구가 급격히 증가하고 있다. 자기 생각과 감정, 행동을 그나마 잘 이해해 주고 공감해 주는 혈연적 관계마저 축소되는 것이다. 혼자 지내는 것에 익숙하여 다른 사람들과 관계를 맺으며 굳이 불편함을 감수하지 않으려 하는 시대적 흐름 속에서 우리 아이들 역시 정서적으로 고립된 채 자라기 쉽다. 자신만의 영역에 고립되어 설령 무언가 성취한다 한들, 그로 인해 느끼는 행복은 크지 않을 것이다. 오히려 성취 후에 찾아오는 허무함이 삶을 더 외롭게 만들 것이다.

좋은 인간관계는 우리의 삶을 풍요롭게 한다. 마음을 터놓

고 정을 나눌 수 있는 이웃을 만나는 것이 얼마나 큰 축복인
지 모른다. 이웃이 누구냐에 따라 삶의 질 또한 달라지지 않
는가? 우리 아이들 역시 이웃과 친밀한 관계를 맺으며 정서적
으로 끈끈한 유대를 경험하며 자라야 한다. 이런 이유 때문에
나는 우리 딸이 살아가면서 좋은 이웃을 만나길 바라고 있다.

그런데 좋은 이웃을 만나기 위해서는 내가 먼저 좋은 이웃
이 되어야 한다. 그래서 나는 우리 딸이 사회적으로 소외된
사람들에게 관심을 두고 다른 사람과 더불어 사는 삶을 살았
으면 좋겠다. 내가 먼저 좋은 이웃이 되고자 노력하는 것이
공동체 의식이 희미해져 가는 이 시대를 변화시키는 출발점
이 되리라 확신한다.

03

·············

지나온
십 년간의 변화

서로에게 든든했던 존재

딸이 태어난 순간 나도 처음으로 부모가 되었다. 식힌 물에
분유를 타는 것도, 칭얼대는 아이를 재우는 것도, 기저귀를
갈아 주는 것도, 목욕을 시키는 것도 모든 것이 서툴렀다. 초
보 아빠로 이런저런 시행착오를 겪은 후에야 육아에 조금 능
숙해질 수 있었다. 그나마 가사일은 어릴 때부터 어머니를 도
와 해 왔기 때문에 결혼 전부터 익숙했다. 그렇다고 해서 집
안일이 좋기만 했던 것은 아니다. 오히려 해도 티가 나지 않
는 집안일을 매일 반복하면서 침울한 감정에 시달린 적이 있

었다. 나 스스로 집안일에 가치를 부여하려고 노력했던 이유가 어떻게 해서든 부정적인 감정을 떨쳐 버리고 자존감을 회복하기 위함이었다.

이렇게 워킹맘 남편으로 살아온 십 년 동안 딸은 나의 든든한 친구였다. 아내 못지않게 내게 힘과 위로를 주는 존재였다. 딸이 유치원에 다니는 3년 동안 매일 아침 딸을 셔틀버스에 태워 보냈는데, 그 당시 셔틀버스를 기다리는 장소에서 엄마들 무리에 끼지 못해 어색해할 때마다 딸은 내 손을 꼭 잡았다. 마치 내게 '아빠 기죽지 마! 아빠한테는 내가 있잖아!' 하는 것처럼 말이다.

딸이 초등학교에 입학한 후에도 나는 직장 일로 바쁜 아내를 대신해 학부모 활동에 참여했다. 녹색어머니회 조끼를 입고 건널목에서 아이들 등교 안전 지도를 하며 '녹색아빠' 역할을 했다. 학부모 상담도 매년 내가 다녀왔다. 아빠 혼자 학부모 상담을 하는 경우가 흔치 않아서 그런지 교실 문을 열고 들어오는 나를 보고 당황해하는 선생님도 계셨다. 학습 발표회와 운동회 때는 딸의 모습을 한 장이라도 더 잘 찍으려고 카메라 셔터를 연신 눌러 댔다.

작년에 딸 학교에서 한국가이던스의 'SAI 청소년 강점 검사'를 실시했다. 검사 결과 딸은 삶의 만족도와 행복도가 매우 높게 나타났다. 올해 같은 기관에서 실시한 '다요인인성검사'의 검사 소견에도 '정서적으로 매우 안정되어 있습니다', '자기확신이 높고 편안해합니다', '매우 활기차고 대담하며 배짱이 있습니다'라는 내용이 기술되어 있었다. 나는 검사결과지를 한동안 계속 꺼내 보고 또 꺼내 봤다. 딸이 학교에서 상장을 받아 왔을 때보다도 훨씬 기분이 좋았다. 자녀가 정서적으로 안정되어 있고 행복한 것만큼 부모가 행복한 일이 어디 있겠는가? 하버드대 조세핀 김 교수는 "아빠가 양육에 많이 참여할수록 아이의 자존감이 높아진다"고 했다. 우리 딸의 자존감이 높은 데에는 자존감이 높은 엄마의 영향이 컸겠지만, 거기에 더해 아빠인 내가 그동안 양육에 깊이 관여한 덕분이라고 생각한다. 이런 생각을 하면 왠지 뿌듯해지고 기분이 좋아진다.

나는 딸에게 친구같이 편안한 아빠였다고 생각한다. 보통 딸들이 아빠에게는 잘 하지 않는 이야기도 딸은 내게 종종 했었다. 딸이 생리를 처음 시작했을 때도 그랬다. 어느 날 딸이 불쑥 내게 "아빠! 생리할 때 어떤 느낌인지 모르지?"라고 말하며 내가 묻지도 않은 자신의 생리 경험을 얘기해 주었다. 아내에게 들어본 적도 없고 내가 경험할 수도 없는 그 느낌을 사춘기에 접어든 딸을 통해 알게 된 것이었다. 나는 앞으로도 딸과 허물없는 부녀관계로 지내고 싶다. 훗날 딸에게 남자친구가 생겼을 때도 그 녀석이 어떤 놈인지 내게 시시콜콜 속 시원하게 얘기해 주면 얼마나 좋을까?

잊히지 않는 두 가지 기억

지금껏 딸을 키우면서 잊히지 않는 몇 가지 기억들이 있다. 하나는 내가 기억하기로 딸이 처음으로 거짓말을 한 일이었다. 나는 딸이 초등학교에 입학한 후 한 달 동안은 하교할 때 학교 정문에서 딸을 기다렸다가 집에 데리고 왔다. 하루는 일이 있어서 하교 시간에 딸을 데리러 갈 수 없게 되었다. 그래서 그날 아침 딸에게 수업이 끝나면 도서실에서 아빠를 기다리고 있으라고 했다. 도서실이 방과 후 학교에서 가장 안전한 곳이라고 생각했기 때문이었다. 그런데 오후 늦게 도서실에 갔는데 딸이 보이지 않았다. 화장실에 갔나 싶어 도서실 문 앞에서 기다렸지만, 딸은 오지 않았다. 걱정이 되어 안절부절하고 있는데, 창문 밖으로 운동장 놀이터에서 친구와 놀고 있는 딸의 모습을 발견했다. 난 안도의 한숨을 내쉬며 다시 도서실로 와서 딸을 기다렸다. 한 삼십 분쯤 지나자 딸이 헐레벌떡 도서실로 들어왔다. 그리고 내게 건넨 첫 마디가 "아빠, 나 화장실에 갔다 왔어."였다. 딸은 내가 방금 도착했다고 생각했던 모양이었다.

딸의 말을 듣는 순간 마음 한편이 착잡해졌다. '아빠와 약속을 지키지 않아서 혼날까 봐 그런 걸까?', '지금까지 내가 딸을 심하게 혼낸 적이 있었나?', '이게 뭐 그렇게 큰 잘못이라고 거짓말을 할까?'라는 생각으로 마음이 복잡했다. 그리고 아빠에게 거짓말을 한 것 때문에 마음이 편치 않을 딸을 생각하자 그것이 더 마음이 아팠다.

　나는 도서실 밖을 나와 딸에게 이야기했다. 아빠가 도서실에서 있으라고 한 것은 안전한 곳에 있게 하려는 것이지, 친구와 놀이터에서 노는 것이 싫어서 그랬던 게 아니라는 것을 차분하게 설명해 주었다. 그러자 딸은 내 품에 얼굴을 파묻고 눈물을 뚝뚝 흘리며 "아빠, 미안해. 정말 미안해."라고 했다. 혹여나 아빠에게 혼나지는 않을까 순간적으로 거짓말을 했던 자신의 모습이 부끄러웠던 것 같다. 그날 딸이 우는 모습을 보며 나도 마음속으로 울었다. 그렇게까지 미안해하는 딸을 보니 딸에게 내가 더 미안했다.

　또 다른 기억은 딸이 초등학교 고학년 때 학부모 일일 교사로 진로 교육을 했던 일이다. 딸 친구 부모님 중에는 신문기자, 호텔종사자, 벤처사업가, 공무원 등 아이들 진로에 도움이 되는 이야기를 해 줄 분들이 많았다. 굳이 내가 일일 교사로 나설 필요가 없었다. 그런데 딸이 아빠가 프리랜서인 것을 아는지 모르는지 애절하게 부탁하는 바람에 결국 일일 교사로 지원했다. 울며 겨자 먹기로 지원은 했지만, 파워포인트로 진로교육 자료를 만들면서 슬라이드에 넣는 그림 하나하나에 얼마나 심혈을 기울였는지 모른다. 어떻게 하면 아이들 눈높이 맞춰서 지루하지 않게 강연할 수 있을지, 어떤 이야기를 해야 아이들에게 유익할지 많은 고민을 했다. 이왕 하는 것 딸 친구들에게 좋은 인상을 심어 주고 딸에게 자랑스러운 아빠가 되고 싶었다. 무엇보다 딸아이에게 아빠와 함께한 잊지 못할 추억을 만들어 주고 싶었다.

드디어 일일 교사로 교단에 서는 날이 왔다. 교탁 앞에 서니 예전 기업 연수원에서 수백 명의 직원을 대상으로 교육할 때보다도 긴장되었다. 긴장을 풀기 위해 아이들의 얼굴을 한번 훑어보았다. 스무 명 남짓한 아이들의 호기심 가득한 눈빛을 보자 나의 긴장감은 어느새 열정으로 변했다. 나는 아이들의 진로에 역할 모델이 될 만한 인물들을 한 명씩 소개하며 수업을 이어 나갔다. 발레리나 강수진, 영국의 총리였던 윈스턴 처칠, 한글 타자기를 발명한 공병우 박사, 미국 건국의 아버지로 일컬어지는 벤저민 프랭클린의 삶을 소개했다. 특히 미국 100달러 지폐 속의 모델이기도 한 벤저민 프랭클린의 어린 시절을 이야기하며 실제로 100달러짜리 지폐를 아이들에게 보여 주었을 때, 아이들은 지폐 속으로 빨려 들어갈 듯 집중하는 모습을 보였다. 또한, 나는 중간 중간 퀴즈를 내 정답을 맞힌 아이들에게 작은 선물을 주면서 수업 분위기를 한껏 끌어 올렸다. 퀴즈를 못 맞힌 아이들도 섭섭하지 않도록 강연이 끝난 후 모든 아이들에게 젤리를 나누어 주었다. 강연을 마치고 교실 문을 나가면서 딸의 표정을 살펴보았다. 생긋 웃으며 나에게 손을 흔드는 딸을 보니 강연을 잘 마친 것 같아 뿌듯했다.

변화된 가치관, 변화된 삶

그동안 아내를 외조하고 딸을 양육하면서 내 가치관이 조금씩 변하고 있었다. 사람들이 흔히 말하는 성공이 아닌, 그보다 의미 있는 삶과 가치를 찾게 되었다. 돈을 많이 벌지 못한 것이나 자녀를 명문대에 보내지 못한 것이 남은 생애 가슴을 송곳으로 후비는 듯한 고통을 주지는 않는다. 가장 후회스러운 것은 이제 막 의미 있는 삶을 살기로 했는데, 다시 말해 사명을 따라 살기로 했는데 시간이 얼마 남지 않았음을 알게 됐을 때일 것이다.

나는 지나온 십 년간 내가 생각보다 더 연약한 존재임을 깨달았다. 남에게 사랑을 베풀 수 있는 따뜻한 성품이 내 안에 있다고 생각했지만, 내게는 가족조차 온전히 사랑할 힘이 없었다. 이 세상에서 내 능력으로 할 수 있는 일이 많지 않다는 것도 알게 되었다. 내가 아는 지식이 얼마나 얄팍한지 모른 채 그 얄량한 지식으로 교만의 칼을 휘둘렀던 옛 모습이 부끄러워졌다. 또한 나는 스스로 정신력이 강하다고 자신했지만, 내 감정조차 온전히 조절할 수 없는 나약한 인간임을 깨달았다. 사업 실패와 어머니의 병환, 내 마음의 쓴 뿌리와 건강 문제로 수년간 고통스러운 감정에 휩싸였다. 이처럼 어두운 광야의 시기를 지나면서, 나는 나의 삶을 향한 하나님의 뜻이 무엇인지 알고 싶어졌다. 이전보다 성경 말씀을 더 깊이 묵상했고, 무릎을 꿇고 더 간절히 기도했다. 그리고 그 답을 하나씩 찾아가는 여행을 시작했다. 나는 하나님을 더욱 인격적으로 만나기 원했다.

얼마 전 세계적인 건축 설계 회사인 팀하스(TimHaahs)의 창업자이자 미국 국립건축과학원의 종신직 이사인 하형록 회장의 저서 《페이버》를 읽었다. 심장이식 수술을 앞두고 생사의 갈림길에 섰던 그는 성경을 읽고 또 읽으며 이웃을 사랑하는 것이 하나님을 사랑하는 것임을 깨달았다고 했다. 그리고는 드디어 자신에게 맞는 심장이 나타나 수술을 받기로 한 날, 옆 병실에 입원한 여성이 이틀 내로 심장이식을 받지 못하면 죽는다는 이야기를 듣고는 자기가 이식받기로 한 심장을 그녀에게 양보했다. 결국, 심장을 이식받지 못한 그는 일주일 후 호흡곤란으로 혼수상태에 빠졌다. 말씀을 읽으며 깨달은 이웃 사랑을 실천하기 위해 자신을 희생한 것이었다. 그런데 기적적으로 한 달 뒤 그에게 맞는 심장이 나타나 이식 수술을 받게 됐다. 몇 개월 후 집으로 돌아온 그는 '우리는 어려운 이들을 돕기 위해 존재한다(We exist to help those in need).'라는 사명을 가지고 새로운 비즈니스를 시작했다. 그때 창업한 회사가 바로 팀하스다.

나는 그의 자전적 에세이를 통해 위로와 도전을 받았다. 죽음의 문턱을 오갔던 그의 고난에 비하면 내가 겪은 고난은 아무것도 아니지만, 하나님은 나의 고난 또한 알고 계시며, 그 고난 중에도 나와 함께하셨음을 믿게 하셨다. 고난을 통해 사명을 감당할 만한 그릇으로 나를 빚어 가고 계신다는 확신도 주셨다. 하나님은 내가 나 자신을 아는 것보다 나를 더 잘 알고 계셨다. 내가 육체적 정신적 고난을 겪지 않았더라면 나는 사명 따위에는 관심도 없었을 것이다.

물론 지금도 종종 무기력감이 찾아올 때가 있다. 그렇지만 깊은 좌절감에 빠지지는 않는다. 혹시 예전의 나처럼 어두운 터널 속에 갇혀 있는 듯한 불안과 외로움 속에서 힘든 시간을 보내는 이들이 있다면, 이 책이 그들에게 조금이나마 위로가 되었으면 좋겠다. 아내와 딸 외에는 아무에게도 말하지 않았던 나의 아픔과 고통을 이 책에서 밝힌 이유도 그 때문이다.

에필로그

또다시
새로운 길을 찾아서

영원한 삶에 대한 믿음

성경에는 구원과 천국에 관한 말씀들이 있다. 하나님의 아들인 예수 그리스도가 나의 죄를 대신해 십자가에서 돌아가신 후 부활하셨음을 믿고, 예수 그리스도만이 유일한 구세주임을 믿으면 구원을 받는다는 것이다. 그리고 구원을 받은 사람은 육체의 죽음 이후에 천국에서 영원한 삶을 누리게 된다고 말씀하고 있다. 나는 이 기독교 복음의 핵심 진리를 믿는다.

이와 같은 기독교 신앙에 기반해, 나는 죽음 이후 천국에서의 영원한 삶과 이 땅에서의 유한한 삶을 비교해 본다. 우리가 이 세상에서 사는, 길어야 백 년 남짓한 시간은 영원의 시간에 비하면 눈 한 번 깜짝하는 시간보다도 짧은 순간일 것이다. 아직 우리가 천국에서의 영원한 시간을 경험하지 못했기 때문에, 이 땅에서의 시간이 길게 느껴질 뿐이다. 만일 사랑하는 가족이 먼저 천국에 가게 된다면, 이 세상에 남아 있는 자신과 천국에 있는 가족이 육체의 죽음을 경계로 '잠시' 떨어져 있는 것뿐이다.

만약 죽음 이후의 영원한 삶이 없다면, 세상을 향해 또는 하나님을 향해 원망할 때가 참 많을 것 같다. 이 세상에서 일어나는 수많은 일들 중에 이해가 되지 않는 일도 많고, 인간의 눈으로 볼 때 불공평하고 억울한 일도 많다. 누구나 한 번쯤은 "왜 나만 이런 고통을 겪어야 하나?", "나는 왜 이렇게 힘들게 살아야 하지?"라며 신세를 한탄하거나 세상을 원망한 적이 있을 것이다. 그러나 우리가 사는 이 세상이 끝이 아님을 믿는다면, 영원한 천국을 향한 소망을 가질 수 있다. 설령 이 세상에서 고난을 겪는다 하더라도, 그것을 통해 하나님을 인격적으로 만나고 천국에서의 영원한 삶을 보장받는다면, 고난이야말로 '위장된 축복'인 것이다. 지금은 내가 왜 이렇게 힘든 시간을 보내야 하는지 이해하지 못 할 수 있다. 그렇더라도 하나님을 신뢰하며 나아가 보자. 이 시간이 지나간 후에 하나님의 뜻을 알게 될 때가 올 것을 믿고 기다려 보자.

인간의 이성에는 분명한 한계가 있다. 프랑스의 수학자이자 철학자였던 블레즈 파스칼(Blaise Pascal)은 《팡세》에서 '이성의 최후의 한 걸음은 자기를 초월하는 무한한 사물들이 있다는 것을 인정하는 것이다. 이것을 아는 데까지 이르지 않는다면 그 이성은 허약할 뿐이다.'라고 말했다. 내 머리로 이해가 되지 않는다고 하나님이 계시지 않는 것은 아니다. 내가 꿈꾸고 계획한 것들이 이루어지지 않는다고 하나님이 불공평하신 것도 아니다. 피조물인 인간이 창조주인 하나님을 완전히 이해할 수 있다면, 그분이 어떻게 신이겠는가? 하나님은 성경을 통해 자신이 어떤 분인지 이미 우리에게 보여 주셨다. 하나님의 말씀인 성경을 읽으면 하나님의 뜻과 계획을 알 수 있다. 하지만 "마땅히 생각할 그 이상의 생각을 품지 말고 오직 하나님께서 각 사람에게 나누어 주신 믿음의 분량대로 지혜롭게 생각하라"라는 성경 말씀(로마서 12장 3절)대로, 하나님께서 알려 주시지 않는 것까지 인간인 우리가 알 수는 없는 것이다.

사명을 따라가는 길

이십여 년 전 터키를 여행할 때 방문했던 곳 중에 기억에 남는 곳이 몇 군데가 있다. 바로 성경의 사도행전에 나오는 안디옥, 구브로, 더베, 이고니온, 드로아, 갑바도기아의 지하교회다. 카타콤이라 불리는 갑바도기아의 땅 밑에서 초대교회 믿음의 선배들은 수백 년 동안 신앙을 지키기 위해 고난을 감당했다. 어떤 이들은 그 어두컴컴한 암굴에서 태어나 한 번도 밖에 나오지 못하고 죽기도 했다. 왜 그랬을까? 바로 자신에게 가장 소중한 신앙을 지키기 위해서였다.

현재 동남아시아의 한 국가에서 선교사로 사역하고 있는 친구가 있다. 대학교 같은 과 친구였던 그는 동아리 활동도 같이했을 정도로 나와 친한 사이였다. 대학 시절 그와 같이 수업을 들었을 때 일이다. 그가 갑자기 가방에서 《케임브리지 7인》이라는 책을 꺼내 보여 주더니, 자신의 사명은 공산권 국가에서 선교하는 것이라고 말했다. 당시 그의 집은 아버지의 사업 부도로 형편이 어려웠다. 그는 학자금 대출을 받아 등록금을 해결했고, 졸업 후에는 3년 동안 직장을 다니면서 집안 생계를 혼자 책임졌다. 그러다 동생이 취업을 하여 부모님을 모실 수 있게 되자 그는 바로 사직서를 냈다. 그리고는 선교 단체에서 일 년간 훈련을 받은 후 중국으로 선교를 떠났다. 중국에서 12년간 사역했던 그는 재작년 중국 공안에 발각되어 추방당했고, 사역지를 동남아시아의 또 다른 공산국가로 옮겼다. 나는 그가 중국에 있을 때 몇 번 중국에 가서 그의 사역을 돕기도 했다. 중국에 갈 때마다 그는 내게 "너는 언제 선교하러 갈 거야?"라고 물었는데, 그의 질문은 내게 늘 거룩한 부담을 주었다.

나는 2018년에 중학생인 딸을 데리고 그리스 아테네로 여행을 다녀왔다. 딸은 학기 중이었지만 현장체험학습 신청을 하고 다녀왔다. 아테네에는 바울 사도가 그리스인들과 논쟁을 벌였던 아레오바고(Areopagus) 바위 언덕이 있다. 이천여 년 전 바울 사도는 이 바위 언덕에 서서 에피쿠로스와 스토아 철학자들과 쟁론을 했다. 지금도 아레오바고 언덕에서 북쪽으로 아래를 내려다보면 고대 아고라 유적지의 헤파이토스 신전과 아탈로스의 스토아가 보인다. 몸을 돌려 동쪽으로 위를 올려다보면 아크로폴리스의 아테나 니케의 신전이 보인다. 바울 사도는 이 언덕에서 수많은 신전들을 바라보며 애끓는 심정으로 더 강렬하게 예수 그리스도의 복음을 전했을 것이다. 예수 그리스도의 종이요 복음에 묶인 자라고 고백했던 바울 사도처럼 나 역시 복음의 능력으로 사명을 따라 살아가기를 간절히 원한다. 사명을 따라가는 길은 낯설고 불편하며 때로 고난이 뒤따르지만, 그 길은 생명을 찾아가는 길이며, 진정한 기쁨을 주는 길이다.

다가올 십 년을 준비하다

이제 나는 다가올 십 년을 준비하려고 한다. 하나님께서 내게 주신 은사를 계발하고 하루하루를 밀도 있게 살도록 노력할 것이다. 십 년 후면 딸은 대학을 졸업하고 사회 초년생이 되어 있을 것이다. 어쩌면 외국으로 공부를 하러 가 있을지도 모르겠다. 나는 딸이 대학 졸업 후 바로 직장에 다니기보다, 더 넓은 세상으로 나가 다양한 인종의 사람들과 교류하면서 다문화 감수성을 키웠으면 한다. 아내는 나보다 한 발짝 더 나아간 바람을 가지고 있다. 딸이 자신의 언어 재능을 활용해 전문인 선교 사역을 했으면 좋겠다는 것이다. 딸에 대한 우리 부부의 이런 바람을 은연중에 딸에게 나타내 보인 적은 있지만 혹여나 딸이 부담을 느낄까 봐 직접 드러내지는 않고 있다.

앞서 말했듯이, 나는 지금까지 사역자의 삶을 살겠다고 하나님과 세 번 약속을 했다. 한때는 하나님과의 약속을 지켜야 한다는 것이 마치 밀린 숙제처럼 마음의 부담이었다. 우리 부부가 만일 선교사로 다른 나라에 가게 되면 딸과 멀리 떨어져 살아야 하는데, 그 이별의 아픔을 감당할 수 있을지 걱정이 되었다. 또 외국에 있는 동안 부모님의 임종을 지키지 못할 수 있다는 생각 때문에 서원을 지키는 것에 대한 부담이 커졌다. 그렇지만 하나님은 이러한 염려조차 영원에 대한 소망으로 바꾸셔서 이제는 감사와 기쁨으로 기대하게 하신다. 나는 너무 늦지 않은 시기에 선교지로 가기를 바라며 기도하고 있다.

앞으로 십 년은 지금껏 살아왔던 것처럼 워킹맘의 남편으로서 가사와 자녀 양육에 최선을 다할 것이다. 동시에 하나님께서 맡겨 주시는 사명을 수행하기 위한 준비를 차근차근 할 것이다. 사명을 감당하는 데 방해가 되는 세상적인 욕심이나 염려들을 하나씩 내려놓고, 필요한 역량은 더 쌓도록 노력할 것이다. 그리고 그 역량과 믿음을 가지고 힘을 다해 하나님을 섬길 것이다.

물론 사명을 시작하는 때와 장소, 방법은 모두 하나님이 결정하신다. 하나님은 내가 바라는 때보다 더 이른 시기 혹은 더 늦은 시기에 새로운 사명을 주실 수도 있다. 또한, 우리 부부가 전혀 생각하지 못한 길로 우리를 인도하실 수도 있다. 모든 것이 전적으로 하나님의 주권 안에 있기에 나의 기대와 계획, 열정, 재능을 하나님의 뜻과 은혜보다 앞세우지 않으려고 한다. 나는 그저 하나님을 신뢰하며 그분의 세밀한 음성에 귀 기울일 것이다. 내 인생에서 가장 중요한 것이 바로 하나님과의 관계임을 결코 잊지 않을 것이다.

사람이 마음으로 자기의 길을 계획할지라도 그의 걸음을 인도하시는 이는 여호와시니라(잠언 16장 9절).

저자 폴 킴

· 강영우(2000), 《우리가 오르지 못할 산은 없다》, 생명의말씀사.

· 강인영 외(2017), 《글로벌 엘리트는 어떻게 키우는가》, 한언.

· 조세핀 킴(2011), 《우리 아이 자존감의 비밀》, 서울문화사.

· 통계청 국가통계포털, 성/연령별 경제활동인구(http://kosis.kr/index/ index.do)

· 하형록(2017), 《페이버》, 청림출판.

· Chatterjee, K., Clark, B., Martin, A. & Davis, A.(2017). The Commuting and Wellbeing Study: Understanding the Impact of Commuting on People's Lives. UWE Bristol, UK.

· Huizinga, J.(2010), 《호모 루덴스(이종인 역)》, 연암서가(원전은 1938년에 출판).

· OECD Gender Data Portal(http://stats.oecd.org/Index. aspx?datasetcode=TIME_USE)

· Pascal, B.(2003), 《팡세(이환 역)》, 민음사(원전은 1960년에 출판).

· Ripley, A.(2014), 《무엇이 이 나라 학생들을 똑똑하게 만드는가(김희정 역)》, 부키(원전은 2013년에 출판).